FangFu
RuoYou
Guang

仿佛若有光

庞波的文字在性情的洋溢中浸润着灵动的思考
像河水流淌着对自然的投射
也像天鹅舒展着对天地的明察
更像隐士散发着对人性的反思

甘肃省老年基金会
甘肃省诗歌创作研究会 编

敦煌文艺出版社

图书在版编目（ＣＩＰ）数据

仿佛若有光 / 甘肃省老年基金会，甘肃省诗歌创作研究会编. -- 兰州：敦煌文艺出版社，（2025.8 重印）
ISBN 978-7-5468-2477-2

Ⅰ. ①仿… Ⅱ. ①甘… ②甘… Ⅲ. ①中国文学－当代文学－文学评论－文集 Ⅳ. ①I206.7-53

中国国家版本馆CIP数据核字（2024）第004843号

仿佛若有光

甘肃省老年基金会　甘肃省诗歌创作研究会　编

责任编辑：王　倩
装帧设计：孟孜铭

敦煌文艺出版社出版、发行

地址：（730030)兰州市城关区曹家巷1号新闻出版大厦23楼

邮箱：dunhuangwenyi1958@126.com

0931-2131397(编辑部)

0931-2131387(发行部)

唐山富达印务有限公司印刷

开本 880 毫米×1230 毫米　1/32　印张 8.375　插页 3　字数 135 千
2024 年 4 月第 1 版　2025 年 8 月第 2 次印刷

ISBN　978-7-5468-2477-2

定价：68.00 元

　　庞波，1953 年出生，笔名知田，甘肃兰州人。一级警监警衔。中华诗词学会会员，甘肃省作家协会会员。曾担任甘肃省委组织部副部长，甘肃省委政法委常务副书记，先后在甘肃省旅游局、甘肃省委政法委、甘肃省司法厅（省监狱管理局）、甘肃省人事厅（省编办）、甘肃省人力资源和社会保障厅、甘肃省人大教科文卫委员会等部门担任主要负责人。爱好文学，钟情诗词，公务之余，笔耕不辍，创作了大量诗词、散文、文学评论、报告文学和理论文章，在全国和省级报刊发表文章 200 余篇。著有《回顾与思考》《秉烛耕耘》《思行予政》《政余遣兴》《即兴诗情》《知田种田》《飞鸿踏雪》《时空印记》8 部涉文图书。创意策划了话剧《天下第一桥》。

序　言

陈田贵

　　由甘肃省老年基金会、甘肃省诗歌创作研究会编辑的这本关于庞波同志诗文的评论集付梓印行了，这是一件可喜可贺的事情。

　　我和庞波同志相识四十余年，曾经是同事，一直是朋友。记得他年轻时就爱好文学创作，经常和我探讨这方面的问题。那时，他在公务之余写过不少散文和政论文章。退休之后闲暇时间多了，没有了公务的负担，于是他笔耕不辍，创作了不少诗词、散文、报告文学等作品，在文化研究方面也成果颇丰。这种勤于学习、乐于钻研、勇于探索、悉心创作的坚韧精神，是很令我感动的。

　　古人认为，人过了六十岁，就步入了乐龄阶段。这个年龄段的人，不再为工作操劳，无须为子女多操心，既知天命，又拥有前所未有的快乐和轻松。现在退休的人员，也正是到了乐龄阶段。每个人都应享受快乐，这是人生的权益。但由于每个人的天赋不同、经历不同、受到的教育不同、体质状况不同、爱好不同，对快乐的理解也就各不相同，追求快乐的方式也不尽相同。应当说，快乐生活多种多样，各遂所愿，各展其长。可以从事某项工作，继续发挥余热，奉献社会；可以放飞思绪，舞文弄墨，潜下心来创作；可以照顾孙辈，操持家务，享受亲情之乐、天伦之乐；可以学习琴棋书画，吹拉弹唱；可以栽花种草，习武练拳，轻歌曼舞，还可以结伴旅游，饱览风光美景等，不一而足。只要身心舒畅愉悦，有益健康就好。庞波同志年轻时爱好文学，创作有一定基础，后来在甘肃省人大教科文卫委员会工作过一段时间，熟悉文化领域的工作，退休后在文学创作特别是诗词创作上刻苦钻研，作出了不小的成绩，获得了累累果实，这不能不令人敬佩。与其说是他享受快乐的一种追求，倒不如说这是他老有所为的一种表现和情怀。庞波同志在文学创作，特别是诗词创作方面取得了一定成就，受到了社会的关注，不少专家、学者撰写评论，推介他的作品，也有不少文友或撰文，或发微信抒发感受和感慨。将这些文字汇集起来出版发行，对于庞波同志这样在退休之后不怕劳苦、勇于写作的人来说是一种鼓励，同时对在全社会倡导老有所学、老有所为、老有所乐的风气，也是大有裨益的。甘肃省老年基金会和甘肃省诗歌创作研究会编辑出版这本书，原因也正在于此。省老年基金会职责是募集社会资金，助推老龄事业发展。支持和帮助老年人老有所乐、老有所为，正是老年基金会工作的应有之义。而省诗歌创作研究会是为繁荣诗歌创作成立的，推动诗歌创作和研究的进步，是一项重要的职责。对于每个诗歌爱好者，不论男女老少，所取得的进步，都是欢迎的、肯定的、鼓励的。对于退休人员在这方面的努力和贡献，我们更应当支持和鼓励，这也是在弘扬爱老敬老的传统美德。

时下有一种说法，把一些党政干部热心和文化人士交流，参与文化方面的事情，斥之为"附庸风雅"，挖苦他们胸无点墨却装出一副文雅的样子。这种认识值得商榷。何为"附庸风雅"？辞书上解释如下：

附庸风雅：附庸，依附、追随。风雅，本指《诗经》中的《国风》《大雅》和《小雅》，后指缺少文化修养的人，为装点门面而结交文化人，参加有关文化活动，硬装出一副斯文儒雅的样子。

任何人，包括党政干部，如果自身不具备文化素养，或者文化素养较低，但热心文化事业，虚心学习文化知识，追随有文化的人并时常与他们交往，以此来提高自己的文化素质，提升自己的文学创作能力，这有什么不好呢？我自知自己在某方面欠缺，但又爱好某项事业，向有专长的人学习，充实自己，丰富自己，完善自己，这应当是一种觉悟和进步，为何要被讽刺挖苦呢？退一万步讲，如果这种行为叫附庸风雅，那么我觉得社会上附庸风雅的人和事越多越好。庞波同志作为一名党政干部，在没有经历文学创作训练的情况下，退休之后仍然孜孜不倦地钻研诗词及其他文学创作技巧，夜以继日地下苦功夫进行写作，而且撰有多部著作，他对文学的热爱、追求和甘于吃苦、肯下功夫的表现和精神，窃以为不但值得肯定，而且值得倡导。追求风雅的人越多，社会的文明程度就越高。

本书收录有关庞波同志著作的评论文章、研究资料119篇。起止时间为2015年4月至2023年12月，全书分上下两编，上编为文字较长的评论文章，下编为微信、短信评论选辑。这些文字，对庞波同志的著作和文章从多角度、多侧面进行了剖析，其中有共鸣，有鼓励，也有商榷、批评和建议。它的出版，不仅对于庞波同志增强信心，认准目标，坚持不懈地努力，进一步提高创作水平和质量，善莫大焉；而且对于倡导爱好文学事业的退休职工和老年朋友，从中得到借鉴，以极大的热情从事文学创作，在创作中娱乐自己，服务他人，真正老有所为，为社会作出贡献，将是很有意义的。

　　时代呼唤好文章，雅韵焕彩新征程。我们热切希望庞波同志身体健康，保持爱好文学的良好习惯，以饱满的热情，持之以恒地从事写作，再接再厉，创作出更多更好的作品。我们也希望更多的退休干部和老同志发挥自己的优势，在文学创作的道路上奋力前行，让自己的爱好结出丰硕的果实。我们还希望全社会重视和加强文学评论，倡导真美善，抨击假丑恶，促进百家争鸣、百花齐放。评论，特别是批评，是推动文学事业进步的催化剂！我们期待在文学领域的批评与自我批评的良好风气早日形成。

（陈田贵，甘肃武山人，曾任甘肃省委副秘书长、办公厅主任，甘肃省人大常委会副秘书长，现任甘肃省老年基金会理事长，系中国作家协会会员、甘肃省作家协会会员、甘肃省书法家协会会员、甘肃省人民政府文史研究馆馆员）

目　录

文艺长评

用心灵构筑人们丰富的精神格局

短评撷萃

仿佛若有光

文艺长评

　　本辑是关于庞波文学作品的评论汇集，收录了杨晓声、张国臣、郝觉民、谢丹、人邻、哈建设、马青山、陈田贵、明连城、马宝明等人的评论，深度剖析了庞波作品的艺术特色、美学特征与思想内涵，引领读者进入庞波的作品世界，聆听多维思想协奏的乐章。

《飞鸿踏雪》序言

杨晓升

文友周荃先生请我为庞波、庞立群的新著《飞鸿踏雪》撰写序言，虽然两位作者我不曾认识，但周荃先生送我的样书和作者简介我还是浏览了一遍，以文会友，欣然应允，只怕写不好。

忙碌之余，我断断续续读了《飞鸿踏雪》的大多数章节，对书中所写内容以及两位作者有了初步的了解与认识。据周荃介绍，作者庞波和庞立群是一对父女，这本身就引起了我的兴趣。父女能合作著书，在"代沟"一词依然流行的今天，颇有些另类，但这也正说明两位作者父女关系的融洽和家庭教育的成功。读了书，更是印证了我的判断。作者所在的家庭，是一个典型的耕读传家且有着良好家风的家庭，祖辈四代人中，第一代人"爷爷谈古论今、喜欢唱戏"，第二代人"父亲从小就在爷爷的熏陶下，对古体诗词和古装戏剧很感兴趣。他的记性很好，记忆力超群，特别是能背诵《唐诗三百首》和《宋词精选》的诗词。他的书案上摆放的书籍，大部分都是和古典文学及唐诗宋词有关的图书和杂志。他对古诗词的学习研究是下了功夫的……"有这样的耕读传统，作为这个家庭的第三代和第四代的两位作者，承接耕读和文化传家的传统便成了自然而然的事。

作者之一的庞波，曾担任过甘肃省旅游局主持工作的副局长、省委政法委常务副书记、省司法厅厅长、省委组织部副部长兼人事厅厅长、人社厅厅长、省人大教科文卫委员会主任委员，是有着丰富阅历和管理经验的领导干部，同时也是位博览群书且有着开阔文化视野、深厚文化积累和人文情怀的文人，他勤奋、好学、博学，工作之余著书立说、笔耕不辍，迄今已经出版多部文集，甚至还出版过旧体诗集。作为庞波的女儿，作者之一的庞立群毕业于中国传媒大学，也是位年轻有为的上海东方电视台音乐节目主持人和央视品牌栏目《对话》的导演。他们父女俩合作著书，一老一少，一唱一和，让经验与活力联动，让阅历与青春牵手，可谓优势互补、珠联璧合、相得益彰、相映成趣。

　　《飞鸿踏雪》这个书名，本身就意象横生、充满诗意，让人浮想联翩之余，不免产生阅读的冲动。

　　打开书本，浏览目录，我才知道这是一本内容丰富、题材广泛，蕴含着中华民族深厚文化、传统美德，传达着作者眼中的真善美和真知灼见的散文随笔集。作者以回忆、游历、随感、笔记和专题研究等多种形式展开叙事，笔之所至，涉及政治、经济、文化、地理、历史、民俗、艺术、旅游、亲情、友情、生命与人生等，可谓包罗万象、洋洋大观，字里行间洋溢着对生活的热情、对生命与亲情的珍惜，流露出作者浓浓的仁爱之心和家国情怀。

　　书中的多个篇章，好像月夜里皎皎四溢的美好月光，温情脉脉地传递着中国传统文化和传统美德的精华，如温、良、恭、俭、让，再如积德、行善、孝心、感恩、仁爱和回报社会……所有这些都在作者笔下娓娓道来，让人读来如沐春风，温馨亲切，神清气爽。

　　本书开篇《乡愁永恒——来自兰州庙滩子的记忆》，是一篇凝聚着作者对故乡深厚情感与清晰记忆的作品，作为作者之一的庞波生于斯、长于斯，写作此文时自然饱含深情。在这篇长文中，作者从庙滩子的"前世今生"、庙滩子的文化遗存、庙滩子的"姓氏"和"百业"、庙滩子名人辈出、庙滩子的名校、庙滩子的"军魂"依然、庙滩子的工业经济等多个角度，浓墨重彩、全方位地向读者展现作为兰州历史文化地标的庙滩子的前世今生，以及如今随着中国新时代的蓬勃发展而发生的巨大变迁。读之，你会跟随作者深情的笔触，感知庙滩子乃至兰州这座城市的历史发展脉络、文化底蕴和生活巨变。

《母亲轶事》以深沉真挚的感情怀念母亲，写母亲一生的经历和生活中的点点滴滴，让母亲的音容笑貌跃然纸上。漂亮的母亲、贤淑的母亲、人文的母亲、爱党的母亲、善终的母亲等，既是作者对母亲的赞美，更是对母亲经久不息的怀念。阅读此文，我还知道，作者的家庭是一个党员之家，每位家庭成员都是中国共产党党员。这个家庭中的第二代人和第三代人，即本书作者之一的庞波的父亲和庞波本人，分别在 20 世纪 50 年代和 60 年代受到了毛泽东主席的接见，可见这也是一个具有光荣革命传统的红色家庭。

本书的可贵之处，不仅在于描摹和讲述作者的经历、过往与见闻，还在于通过经历、过往与见闻，写自己的所思所想，写自己的情愫与心得，不断向读者传递自己对现实世界、生活人生、历史文化的观察思考和真

庞波先生书法作品

比如《人活着为了什么》这一篇，作者如是说："活着也不是为活着而活着，要活出理想和境界，才能充实饱满，才能坚韧不拔，百折不挠，才能活得痛快，活得有价值，有幸福感。人活着的三部曲必然验证你自己是否活得轻松，活得有滋有味！"

再如《"四君子"和"岁寒三友"的人生哲思》这一篇，作者诠释了君子和友人的内涵，把人生和鲜花联系起来，"人生一世花开一季，不要问芬芳几时落去，淡淡的烟雾里，每一次付出都在体味生活的原味"。如此优美的语言，如此凝聚着人生智慧和生活经验的格言警句，对于读者来说，何尝不是金玉良言？

著书立说，是作者表达个人人生经验和思想情感的需要。著书立说，贵不在著而在于说，而且要说得有意思、有见地、有价值，成功与否，取决于作者的眼界、境界、格局、视野、胸怀、知识、见识、趣味和文笔等诸多因素，从这个意义上讲，我以为《飞鸿踏雪》这本书的内容不乏可贵之处，值得一读。

是为序。

2021 年 7 月 18 日写于北京房山区绿城百合公寓。

（杨晓升，中国作家协会会员、中国报告文学学会副会长、《北京文学》社长）

黄河之水天上来
——读庞波《飞鸿踏雪》文化交流随想

张国臣

相逢是缘，文化结缘。

万里黄河一线牵。庞波先生工作于黄河上游的甘肃兰州，我工作于黄河中游的河南郑州。他和我2004年同为本省省委政法委副书记兼社会治安综合治理办公室主任，在中央综治办召开的兰州现场观摩会上结识，相谈甚欢。2008年，他是甘肃省人社厅厅长，我是河南省检察院常务副检察长，他漂亮能干的女儿庞立群，是央视财经频道《对话》节目的导演，来河南采访，我有幸帮助协调，节目成功播出，誉满华夏。时光飞逝，因年龄原因转岗，他任甘肃省第十二届人大常委会委员、教科文卫委员会主任委员，我任河南省第十二届人大常委会委员、内务司法委员会主任委员。读书思考，笔耕创新，他赠我诗文集《知田种田》，我赠他散文集《嵩山的记忆》……这岂非黄河文化牵缘吗？

2021 年，中国被疫情侵袭。我戴着口罩，在中岳嵩山登封革命老区采风，撰写口述党史《嵩岳烽火》，5 月完稿成书，向中国共产党百年华诞献礼；庞波先生通过邮箱发来了他和他女儿庞立群合著的《飞鸿踏雪》电子版，也是向党的百年生日献礼。志同道合，心有灵犀，我欣喜读之，不由得浮想联翩！

首先，不忘初心，持续文化——

中国共产党人的初心是什么？为中国人民谋幸福，为中华民族谋复兴。

习近平总书记指出，实现中国梦必须走中国道路，必须弘扬中国精神，必须凝聚中国力量。

庞波同志出生在黄河河畔，他不忘初心、牢记使命，多年来，感党恩、听党话、跟党走，弘扬中华优秀传统文化。退休之后，政治信仰坚定，对党、对人民的忠诚不变，他创作的《三仰韶山》《不朽哈达铺》《贺新中国七十华诞》等诗文都是正能量，读之，荡气回肠，鼓舞人拼搏向上！

近朱者赤，近墨者黑。与勤奋的人在一起，你不会懒惰；与积极的人在一起，你不会消沉。与智者同行，你会不同凡响；与高人为伍，你能登上巅峰。

我出生在中岳嵩山南麓，多年来，在嵩山采访豫西革命老区的老党员、老战士，拜谒革命先烈昔日的战斗遗址，记录革命前辈丰富的斗争史实故事的过程中，深为中国共产党领导的八路军英勇战胜日寇的故事感动，提炼总结出"爱国为民、顽强拼搏、军民团结、勇夺胜利"十六字河南抗战精神，激励后人学党史、悟思想、办实事、开新局，以昂扬的姿态，奋力开启全面建设社会主义现代化国家新征程！

什么是文化？文化是根植于内心的修养，是无需提醒的自觉，以约束为前提的自由，为别人着想的善良。文化是根，文化是源，文化是力。有文化的人，内心有坚定的信仰和足够的正能量，支持着自己翻越"雪山"，越过"草地"，登上巅峰；有文化的人，积聚着阳光智慧和敏锐的洞察力，天天享受五彩缤纷的快乐生活和事业有成的美丽旅途。

孝道是中华优秀传统文化之重，正风齐家，修身立国，首在行孝。庞波孝爱母亲，在《飞鸿踏雪》书中说：母亲李占英是漂亮的母亲、贤淑的母亲、人文的母亲。母亲伟大，对善的理解并不光是孝顺和亲缘，而且表现在她对生活的无限热爱上。她爱家乡，爱黄河，爱花草树木和动物。20世纪80年代初期，母亲患病在家休养，朋友从陇南带了两只野生甲鱼，让母亲炖汤补补身子。母亲怜惜这些动物，避开亲人偷偷地把它们放生了。善，是高兴吉祥，共同满足；善良，是心地纯洁，纯真温厚。

是啊，善良永远是一种感化生命的力量。我在《嵩山的记忆》书中，亦写了我的母亲王秋娥的善良厚道。1961年冬的一天，大雪纷飞，五岁的我一天没吃东西，饿得哇哇啼哭，连喊"饿、饿、饿"。母亲踏着厚雪外出，借来一块刚刚烧熟的红薯，看见邻居的小女孩也眼巴巴地望着，就毅然决然地把这块红薯分她一半。对一个饿得要昏死的儿童来说，那烤熟的红薯是多么香甜诱人啊！我们俩吃得好香，母亲露出欣慰的笑容。我把红薯送到她的嘴边，母亲摇摇头说她不饿，却以喝水充饥。

我写诗《母亲》，赞扬天下的母爱："一笑一啼牵肺肝，离乡求学眼望穿。春晖寸草殷勤护，母爱无私感动天。"

环境可以教育人、改造人、成就人。与凤凰齐飞，必是鹏鸟；与虎豹同行，定成猛兽。和谁在一起，的确很重要，甚至能改变一个人的成长轨迹，决定一个人的成败。

商品的价值是在流通中实现的，人的品质是在交往中发现的。

在喜欢你的人那里去享受生活，在不喜欢你的人那里去看清世界。庞波是个理想坚定、勤奋热情、重文修德之人，我愿意与之结为好友，持续进行文化信息交流，从他身上学到不少正能量。

其次，刻苦读书，提高修养——

书籍是人类进步的阶梯，是智慧与灵魂相互沟通的媒介，是全世界的营养品。数百年持家，无非积德，第一件好事还是读书。

立身尽忠孝，行道积善功。爱生动力，书增内涵，我和庞波同为读书人，几十年与书结缘，如醉如痴，也因此获得了满满的幸福。

庞波先生刻苦读书创作。他生在兰州、长在兰州、懂得兰州、歌唱兰州，对两山一河的兰州山水，百看不厌，百写不倦。他在旅游局工作的时候，提出建设黄河风情线的思路，策划了黄河风情旅游节会，获得成功；他和同仁们带着感情把兰州牛肉拉面策划发展成国家职业技能标准，名扬世界；他看到家乡的莫高窟、崆峒山、五泉山、黄河、中山铁桥等古迹，都能描写得栩栩如生。请看他的《莫高窟》诗：

三危佛光越千年，九阁峻拔入云天。

宝窟壁画飞仙舞，藏经洞深奇事传。

走廊高铁汽笛响，游人如织车马喧。

人间奇迹传世界，丝路花雨谱新篇。

庞波学习黄河文化，赞美莫高窟，写得何等动人心弦啊！

人生初级的快乐是肉体的快乐，那是饱、暖、物、欲；中级的快乐是精神的快乐，那是诗词歌赋、琴棋书画、游走天下；高级的快乐是灵魂的快乐，那是付出和奉献，让他人因为你的存在而快乐！

我的家乡在嵩山少林。天下武功出少林。少林武术起源于嵩山少林寺，是我国著名的武术流派之一，是少林文化的奇葩。北魏太和十九年，印度僧人跋陀在嵩山少林寺传法，八方民众来此，大量的民间习武之人也相继来到寺中当了杂役，他们在听经念经之后，切磋武艺，研究武功。菩提达摩"一苇渡江"，来到少林，面壁传禅，以清白无杂的心念去投契佛理，终日静坐，不免筋骨疲劳。达摩发现弟子坐禅久了，皆昏昏欲睡，精神萎靡不振，又久处深山，野兽和严寒酷暑不断侵袭，便和喜爱武功的弟子们一起，仿照我国劳动人民锻炼身体的各种动作，编成一种活动筋骨、锻炼身体的"活身法"体操，及时传授给僧人让其练习。这种体操有十八个动作，称为"罗汉十八手"，用以驱倦、防兽、健身和护寺。达摩和弟子们把"罗汉十八手"的动作刻至墙壁，众徒练习之，时间久了，又和熟谙兵器的弟子一起研练剑、铲、棍、杖等防盗护身的动作，随之形成了"达摩铲""达摩杖""达摩剑"等套路。达摩创立禅宗，把儒、道精华融入其中，展现"包容学习"精神。

他在面壁传道之余，常窥察少室山林中鸟兽之间的争斗，习仿虎跃猴攀、猫蹲狗闪、鸡立兔滚、虫爬蛇缠和鸟飞鱼翔之姿，与习武的弟子们一起，逐渐演练成一套心意拳的简单套路动作。后来，他又遍求中国武技之精华，获得了东汉末年华佗的《五禽戏》，将其加以改造演变，与僧徒们一起研讨、充实、提高，逐渐形成了一系列变化莫测的拳术，达百余种，总称"少林拳"。中岳嵩山天下奥。登封是少林武术之乡，习武练功在群众中非常广泛，我小时候就跟着大人练少林功夫，写《少林武术》诗赞之：

少室丛林寺接天，清泉流韵秀峰连。

十年面壁创禅业，万派归宗化武拳。

断臂鉴诚红血染，怀仁护国铁衣穿。

一花五叶开何处，地涌金莲妙法传。

君不见，庞波兄和我相隔千里，不约而和，都写诗赞美黄河流域闻名天下的精粹文化，《莫高窟》和《少林武术》一文一武，一静一动，岂非黄河文化之缘？

父母是孩子的第一任老师。我和庞波都很幸运，都有一个好女儿。她们也都像父母那样，爱读书，重修德，勤拼搏，争一流。

庞波的女儿庞立群在《飞鸿踏雪》中写道："坚持也是一种成功，自从离开大学校门的那天起，我就觉得自己这辈子再也不可能有超过半年以上的时间学习什么。但是，回首我在职攻读人大新闻学院硕士研究生课堂的这段日子，突然意识到自己还是有可能超越自我的。""至于为什么会坚持？其一，压力即动力。读人大新闻学院的硕士研究生这件事不仅好朋友们知道，就连领导也知道。大家闲时会问我：何时毕业，拿到学位？其二，人的精力和金钱毕竟是有限的，你选择做一件事，必然会放弃另外一件事，那个被放弃的所带来的收益就是你的机会成本。"

立群姑娘刻苦攻读研究生，说得何等好啊！当读书读得越多而不假思索时，你会觉得自己知道的很多。当既读书而又思考得越多的时候，你就会清楚地感到，自己知道得还很少！

我的女儿张小羽中学毕业成绩优异，免试保送北京外国语大学法学院。在我的《嵩山的记忆》书中，她写信说道："2006 年，我应该是充满感恩的：得了一等奖学金，获得北外、全国大学生国际英语辩论邀请赛及西安全国辩论邀请赛的最佳辩手，并还为北外赢得了两年来的第一个辩论一等奖，得了 21 世纪杯英文演讲比赛的优秀奖。总之，是丰收的。""2007 年，我要参加托福考试，打开考取美国纽约大学等名校法学研究生的大门，要开始准备英语、法学两个专业的大学毕业论文，

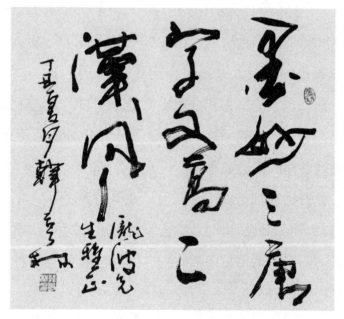

韩亨林赠庞波先生书作

争取论文优秀，获得双学士学位，要争当北京市优秀大学毕业生。"

读书增智，充满人生正能量，催人奋进。能忍受孤独刻苦学习的人，肯定是有理想有追求的人；能忍受委屈乐于吃亏的人，肯定是个有修养有胸怀的人；能处世从容不急不躁的人，肯定是个成熟淡定少犯错误的人；能不贪财不张狂不忘本的人，肯定是高雅正派健康平安的人；能耐得住寂寞干事创业的人，肯定是有思想的人！

其三，砥砺奋进，享受幸福——

生命是什么？生命是生物的生长、发育、繁殖、代谢、应激、进化、运动、行为、特征、结构所表现出来的生存意识。

庞波在书中认为，人是高级动物，是有思维的活化石，每时每刻都在汲取养分，沐浴阳光，成熟大脑，劳动所得，创造辉煌，只有认识到自己来之不易，才会带着为什么活着的问题，沿着崎岖的道路走下去。走到生命的某个阶段，都应该喜欢那一段的时光，完成那一段该完成的职责，顺路而行，不沉迷过去，不颓废眼前。

人活着如果只为自己，私欲膨胀，报复社会，那就必然会受到惩罚。人活着也不能为活着而活着，要活出理想和境界，才能充实饱满，才能坚韧不拔、百折不挠，才能活得痛快，活得有价值，有幸福感。

真正不忘初心砥砺前行并获得巨大成就的人，必定像一块石灰那样活着——别人越泼冷水，他的人生就越沸腾。

机会的把握，不在于机会来临的瞬间，而在于平时的努力。庞波以极大的热情推介、挖掘黄河文化，创意策划了一部反映历史真实的舞台话剧《天下第一桥》。该剧获得了话剧最高奖项"金狮奖"和文化部（2018年改为文化和旅游部）的文华奖。这部由庞波先生举鼎策划，李维平、王元平先生编剧的作品，于2012年6月26日在甘肃大剧院揭开了神秘的面纱，首场演出便令人刮目相看，赢得了社会各界的认同。2012年7月18日这部大戏在全国上百台舞台剧目中脱颖而出。这既是甘肃省唯一入选的作品，也是继《丝路花雨》《大梦敦煌》之后甘肃省第三部舞台艺术精品。

生命本是一泓清泉，只有挑战自我的人才能品味出其中的甘甜；生命本是一部史书，只有挑战自我的人才能体味出其中的壮丽；生命就像一首优美的歌曲，只有挑战自我的人才能谱写出优美的旋律。

读书养才气，勤奋养运气，宽厚养大气。嵩山少林文化鼓舞我坚毅拼搏、负重前行。1994 年 8 月，我在病榻上发誓，要在不惑之年写出不惑之书，完成一部全国第一的嵩山文化著作。夜晚，我和妻女共同在书房读书和写作；周日，我们一起登嵩揽月，汲取大自然精华。为了有完整的写作时间，我曾在春节假日闭门谢客，掐断家里电话；为了克服冷门学科知识的研究空白，我到河南大学、郑州大学图书馆查阅图书。我用散

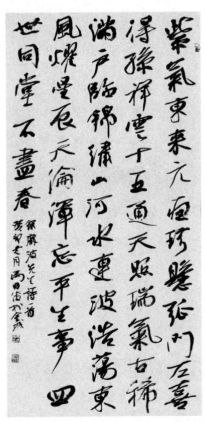

马国俊书庞波先生诗作

文的笔法写出系列嵩山少林文化文章，经过三易其稿，终于完成了 47 万字的《中国少林文化学》，对嵩山少林地区的禅宗、道教、儒教、天文、地理、建筑、武术、医药、经济等二十一个方面进行探索，总结出嵩山文化"雄隽、博大、包容"的特点和波浪式前进的发展轨迹，顿悟出人生必然经历的"顺境、平境、逆境"三个阶段，领悟到任何事物只有顺应历史潮流才能发展前进的道理，并提出建立"中国少林文化体系"，构成一个新学科、一门新学问。该书 1999 年获首届中国民间文艺山花奖·学术著作优秀奖。

什么是创新？创新就是"傻帽"凭靠一股子傻劲儿把走不通的道路走通了。

庞波和我以及我们这代人都在不忘初心、牢记使命，与时俱进、开拓创新。

人生最幸福的境界是什么？幸福是一个人自我满足后的情绪，是一种境界。她不是诗，也不是陌生的远方，而是用平静的心态发现眼前所熟悉的，皆是心之所向往。

心态是什么？心态即心理状态。一个健全的心态比百种智慧更有力量。相由心生，只要心态年轻向上，一切皆有可能。生命再怎么粗糙，我们都要活得骄傲；日子再怎么平淡，我们都要过得坦然；时间再怎么无聊，我们也不能敷衍。

既然人生的幕布已经拉开，就一定要树立目标积极地演出；既然脚步已经跨出，任凭狂风暴雨也不能停止前进的脚步！

今天，是中国共产党成立 100 周年。庞波和我，昂首黄河，满怀豪情，都以辛勤笔耕的充满正能量的文化新著，向党的重大生日汇报献礼！

啊，黄河之水天上来……

2021 年 7 月 1 日凌晨于中岳嵩山"求阙斋"

（张国臣，中国作家协会会员，博士，河南大学教授，中国少林文化研究院院长）

理智地解读自我

——读庞波先生著《回顾与思考》有感

范　文

幸得敦煌文艺出版社新近出版的庞波先生所著的《回顾与思考》一书，随手翻阅，竟爱不释手。细细读罢，感触颇深，掩卷遐思，思绪不禁从书里延伸到生活，于是，便有了许多感想，竟也到了不吐不快的境地。

据我所知，庞波先生长期在党政部门工作，多年来担任一定的领导职务，工作繁忙自不必多言。但他能在工作之余，以一个普通人的身份，用老百姓的感情在现实中寻觅探索，难能可贵。他最新所著的《回顾与思考》这本书，单从书名上看，很容易让人误解为是一本说教或纯理论文章选编，其实并非如此。《回顾与思考》涉及的领域很广，难以一言以蔽之。概括地说，这本书是一部理论与实践的总结与反思，是工作之余的理性思考和文化积累，是良知化的精神世界的再现，是良心和道德人格统一的文化张扬。

《回顾与思考》共18万字，收录了庞波先生在甘肃省直部门和从事政法工作期间，在繁忙的公务之中，面对种种社会现象和芸芸众生，从内心焕发出的精神良知。全书由50篇文章构成，有散文、游记、评论、杂感、调研报告等。题材平淡却涵盖甚远，上至千百年前的三国人

胡振民赠庞波先生书作

物，下到改革开放以后富裕起来的山村农民；上究贞观之治中一代明君李世民真知灼见的人才观，下写同事朋友结婚送喜糖；从国家的长治久安到老百姓的柴米油盐

……字里行间，表现出了一个为政者既对自己所从事的事业的忠诚与执着，又恰到好处地保留了一片自己的情感世界。篇篇文章，无一不洋溢着对国家、对人民的拳拳之情，毫无保留地把自己的情感融入老百姓的喜怒哀乐之中。阅读《回顾与思考》这本书，很容易使人想起"些小吾曹州县吏，枝枝叶叶总关情"这句古诗来。

庞波先生大部分时间在党政部门工作，其间从事了一段旅游工作，工作性质差异较大，但充实的精神世界和良好的文化底蕴使他很快完成了角色的转换。书中几篇关于甘肃旅游的文章，对旅游资源的市场含量、人文价值、开发利用的可行性程度、前景和整体布局，皆有独到的见解。值得称道的是用文化视角认识旅游、解释旅游、指导旅游，把理性的思维上升到人文高度，再从人文高度去俯视自身的工作，在这一点上，真正值得每一个人借鉴。正如作者在自序中所述"我秉性中喜欢舞文弄墨"，《回顾与思考》已是作者出的第四本书了。除此之外，作者还为电视纪实片《省直机关的排头兵》撰过稿，为西路军战士何福祥老人写过小传，策划和监制过《人·情·水》《甘肃禁毒纪实》《甘肃石窟艺术》

等电视专题片。可见作者对"文化"情有独钟。从这本书里，不仅能看到作者深厚的文学功底，更能看到作者在实践中日积月累起来的情感世界和人格尊严。

真诚地敬业，理性地生活，用智慧的头脑和勤奋的双手去解读人生，便会达到自身精神世界的完满。其实每一个人都没有理由抱怨生命的枯燥、生活的平庸、命运的不济。愤世嫉俗是文化人的精神怪癖，投身于火热的现实才是自我完善的坦途。我们的社会，急切需要用文化和精神良知武装起来的人格尊严，更需要具备这种尊严的人传承和发展我们的文化和精神良知：真诚地工作而不盲目地思考，理智地生活而不放弃自我。为此，《回顾与思考》可谓值得一读。

本文发表于 2004 年 2 月 28 日《甘肃文艺报》

（范文，陕西岐山人，中共党员，作家，曾任兰州市政协副主席）

从中山桥到《天下第一桥》

孟 郎

中山桥：凝聚了甘肃的历史

兰州，黄河唯一穿城而过的省会城市。"两山夹一河"的地形使它成为东西交通的要道。不论是丝路商旅，还是胡汉将士，记忆中总抹不去那雄踞黄河北岸的金城关。如果没有桥，即使是匈奴的铁骑，在这里也只能望河兴叹。想当年，霍去病征伐匈奴时，兰州还没有桥，只能以皮筏为渡。

明洪武五年（1372年），宋国公冯胜与元将扩廓帖木儿（王保保）作战时，在今七里河大桥约500米处搭建了兰州历史上的第一座浮桥。这座桥仅服务战争，战后随即拆除。明洪武八年（1375年），卫国公邓愈率军平定河西，在今七里河大桥东建浮桥，以运粮饷，命名为"镇远浮桥"。明洪武十八年（1385年），兰州卫指挥佥事杨廉将浮桥移至"河水少绶，近且易守"的白塔山下，今中山桥西侧处。"造舟二十有八，常用二十有五，河涨则用其余以广之"。舟上加板，栏楯两旁，南北岸两侧各竖两根将军柱，共六根木桩，以铁索大绳贯通。即便是巨浪汹涌，舟楫亦相属随波升降，车马行走亦如坦途。

遗憾的是，浮桥属季节性的桥，每年黄河凌汛来临之前必须拆除。但正是以这座浮桥为基地，后来才建成兰州著名的黄河铁桥。清光绪初年，左宗棠督师甘肃，拟修黄河铁桥，因德商索价过高而未成。1907年，甘肃总督升允动用国库白银30多万两，委托德国泰来洋行经理喀佑斯修建铁桥。当时修桥所用的材料，甚至每颗铆钉都是进口的。据说材料运至天津口岸后，用火车运至焦作，再用牛车、马车拉到兰州。

1909年，中德联手组织施工、兰州百姓踊跃参与的铁桥落成后，激发了兰州仁人志士的文化情结。桥两侧同时修建了两座石坊，分别镌刻了"三边利济"和"九曲安澜"，各辅以楹联：曾经沧海千层浪；又上黄河第一桥。天险化康衢直入海市楼中现不住法；河蠕开画本安得云梯天外作如是观。

因为地位特殊，铁桥上曾几度点燃战火。日寇侵华时数度派飞机对其进行轰炸，妄图割断这座内地与西北沟通的要津。为此，当时的兰州政府将它由原来的土红色改为今日的青灰色。在解放兰州的战役中，它差点被桥上的军火车毁损。虽然几经沧桑，它还是坚持到了今天。

一个创意：再现世纪壮举

今天，单从实物上看黄河铁桥，体态并不雄伟。然而，它对历史内涵的承载，却要我们透过历史的烟雾去审视。黄河铁桥建成后的第二年，辛亥革命爆发，第三年郑州黄河铁路大桥建成通车。黄河铁桥的落成，是西方文明与华夏文明在母亲河上游的首次对接，是东西方文化交融的见证。

作为生于斯、长于斯的兰州人，庞波先生对黄河有种深深的眷恋。早在 1999 年，他就提出建设黄河风情线，并在当年 6 月 16 日于东方红广场举办了"黄河风情旅游节"。从这个时候起，一部铁桥的大作就已经在庞波心里萌芽了。

　　在接受记者采访时，庞波说："我生于斯长于斯，看着这座山水城市愈加感觉到黄河的亲切、黄河文化的厚重，尤其是在《大梦敦煌》成名后，我深感应在黄河文化上大做文章，而百年老桥既是黄河文化的重要象征，更是黄河儿女精神的重要提炼。如何把百年老桥做成精品大作，并且搬上舞台乃至银幕，是我多年来一直在思考的问题。""这座有着百年历史的老桥，不仅是沧桑历史的最好见证，更代表着百年前甘肃人包容的胸怀和对外开放的眼光。自从左宗棠收复新疆以后，黄河担负着维护西部稳定和西部疆域维护的重要使命，因此我们还要提升到维护国家安定、弘扬黄河文化的高度来观照这段历史，传承和弘扬甘肃精神。"

　　《天下第一桥》以清朝末年兰州修建黄河桥的事迹为创作蓝本，着力描写了修建黄河铁桥的全过程，刻画了以升允、彭英甲为代表的一大批清朝官员和兰州建桥的工匠，为了维护边疆稳定，改变西北人民的生存状况，顶住来自四面八方的反对之声，在政治、经济环境极其困难的条件下，历时近三年终于建成了黄河上第一座桥。整个故事铺设了三条线：一条是陕甘总督升允、兰州道台彭英甲等人修桥的艰难过程；二是为了增强故事的可看性，还铺设了一条爱情线，即总督升允的女儿和德国修桥工程师感天动地的"跨国恋情"；第三条线是展示辛亥革命历史背景的年代线。

因此，剧中的彭英甲，一身正气，两袖清风，为落实建桥的重任，他坚守为民分忧解愁的信念，冲破重重阻力，把个人生死置之度外，甚至以牺牲爱女为代价，以坚韧不拔的毅力完成了建桥任务，兑现了"为官一任，造福一方"的诺言……

南明法赠庞波先生书作

为建桥，彭英甲把深爱的女儿彭彩云送往德国学习桥梁技术。学有所成后的彩云带着男友保罗回兰州省亲时，耳闻目睹了父亲肩负的重任和遭遇的阻力与困难，说服男友留了下来，双双担任起建桥工程师，鼎力支持父亲的事业，直至她献出年轻的生命……

　　黄河铁桥竣工剪彩的那天，彭英甲却成了阶下囚，双膝跪地哭别娘亲赴刑场。剧情结尾时，彭英甲仰望黄河铁桥时说了一句话："走了一个彭英甲，留下一座黄河桥，值啊！"可以说，该剧围绕兰州黄河铁桥的修建过程展开故事情节，循序渐进，娓娓道来。其中人物性格迥异，各具代表性，逐一解读，会使人顿生"哀其不幸，怒其不争"的历史情愫。

　　"这是一部弘扬黄河文化、展现甘肃精神的文艺作品，向世人展示黄河文化的精髓、黄河文化的大气、黄河文化的震撼。"公演不到 10 场，便产生了超乎想象的震动和影响，被视为再现甘肃话剧辉煌的希望。

　　2012 年 7 月 18 日，这部以甘肃本土文化为精髓创作的大戏在全国上百台舞台剧目中脱颖而出，正式入选将于 8 月至 10 月在北京举办的"讴歌伟大时代，艺术奉献人民——2012 年全国优秀剧目展演"。这既是甘肃省唯一一部入选作品，也是继《丝路花雨》《大梦敦煌》之后，甘肃省第三部舞台艺术精品登上这个舞台。

摘自《读者欣赏》2016 年总第 9 期

使命·责任·足迹

——评庞波同志的《回顾与思考》

王维平

一本有分量的书，一本值得反复研读的书！每每拿起庞波同志的《回顾与思考》一书，我都会生发这样的感叹。子曰："五十而知天命。"知天命者，谓人生阅历之丰富，人生积淀之丰盈，人生感悟之丰沛，足以察天理，洞人道，达庖丁解牛之境界。庞波同志的《回顾与思考》，正是一部知天命之作，这不仅因为该书出版于作者 50 岁之际，不仅因为该书是作者数十年作品的集结，更因为其中饱含的哲理、闪烁的智慧，确有知天命之感。

读该书，时时被庞波同志执着前行、从不懈怠的精神感动。书中收录的文稿，时间跨度自 1981 年 4 月至 1999 年 6 月，凡十八个春秋；内容涉及党的干部队伍和组织建设、甘肃旅游经济和旅游事业、政法工作，博而不杂，组工篇、旅游篇、政法篇既自成一体，又以高度的责任感、使命感为红线，以对甘肃改革发展稳定的深入思考为龙骨，相互贯通，是作者在组织、旅游、政法等部门工作的心血结晶。十八年的岁月磨砺，十八年的心路历程，庞波同志脚踏实地，不敷衍，不浮躁，干一行爱一行成一行，汇聚出一颗颗璀璨的思维珍珠，书写出对党和人民事业的执着和忠诚。

读此书，时时被庞波同志的缜密思维、睿智博学折服。全书50篇文章，有长有短，有的以事说理，有的即景生情，短小精悍；有的以论立文，条理清晰，纵横捭阖。形成虽非一个年代，但都是有感而发，于大处着眼，经过深思熟虑，故历久而弥新。干部考察工作是选好用好干部的关键环节，怎样客观、公正、准确地识别干部，历来受人关注，也极为不易。庞波同志坚持马克思主义认识论和辩证法，提出干部考察工作要坚持竞争性、开放性、风险性、目的性"四个原则"，全面考察干部实绩，掌握"长"与"短"、"优点"与"缺点"等辩证关系，这些真知灼见，对我们坚持以科学发展观和正确政绩观识别干部，很有启发意义。旅游经济是现代经济新的增长点，随着人民物质生活水平和精神文化生活水平的日益提高，旅游经济呈现蓬勃生机。甘肃是一个经济欠发达省份，又是一个旅游资源丰富的省份。如何把地域辽阔、地貌风格独特、历史文化悠久的优势发挥出来，使资源优势集聚为经济优势、发展强势，庞波同志立足省情，从发展战略、发展重点、具体措施等方面作了深入思考，见解独到。政法工作是庞波同志近年来集中研究的问题，特别是对社会治安这一关系人民群众切身利益的大问题，用力尤勤，其所思所想所论，对加强政法工作颇具建设性价值。

读此书，时时被庞波同志关注人生、充满激情的浩然正气感染。常言道文如其人，文集中的文章或精彩，或诙谐，或严谨，风格有异，其间无不表现出作者对人生、对社会的关注，以及对人民群众的真情。文风清雅明快，谈论的虽大多是大问题，但往往从平简之处着手，引人入胜。特别是像《富生娃二进金城》《"1079"不可丢》《此种"伯乐"不足取》等，看似小品文，短小精悍，却都是关乎国计民生、立身行事的重要话题，

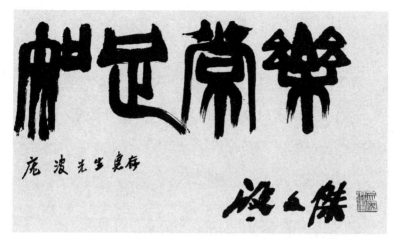

庞波先生惠存

段文杰赠庞波先生书作

立论新颖，蕴意深沉，有以一当十之功力，发人深省。

"听君一席话，胜读十年书"，诚哉斯言！读庞波同志的大作，正如同与一位阅历丰富的智者对话，与一位真性情的学者交流，令人感动，引人深思，催人奋进。

（王维平，甘肃甘谷人，曾任中共中央组织部干部监督局局长，现任广西壮族自治区党委副书记）

慎思·笃行·勤政

——偶读知田先生随笔集《回顾与思考》

郝觉民

知田先生的随笔集《回顾与思考》（敦煌文艺出版社出版，以下简称《回顾》），收录了作者1981—2002年间写成，发表于国家级或省级刊物的评论、杂谈、随感、散文等文章50篇，内容涉及工作、学习、生活及思想修养等方面的感悟、体会、思考与研究成果，并以时间为序编次，计18万言。书中所选文章"既有理论的，又有实践的；既有传统的，又有现代的。或精彩，或诙谐，或奔放，或严谨"。选题皆有感而发，立意则言之有物；议论既纵横捭阖，汪洋恣肆，又丝丝入扣，条分缕析；说理既情真意切，言辞精美，又鞭辟入里，发人深省。作者足迹遍及交通、组织、旅游、政法各条战线，履历所至，皆有所得。尽管作者在书序中谦言：

这只是对自己经历的"归整"与"盘点",是自我的"总结、反思、激励和鞭策",也是对衣食父母老百姓"白纸黑字的直观汇报"。但即此一斑,一颗真诚的文心,便清冽然可鉴。此书极具可读性和感人的力量,颇富启迪耐思的余味,读后竟使人欲罢不能,有话想说。

人们说,眼睛是心灵的窗户,文章是心灵的火花。据此,大凡作者之著述,皆是作者心灵世界之敞亮,是作者人品节操、文化教养、志趣才情诸方面修养成果及品位的综合展示。《回顾》告诉我们,它的作者是一位清醒又勤奋的思想者,是一位不唯书、不唯上的躬行者。他十分重视自身思想理论修养的提高。他坚持勤奋读书,广闻博采,以求在指导思想上坚定明确,把握规律,不枉不迷,举措得当。为此,他对文学、哲学、史学、管理学等皆有涉猎,且能勤学慎思,融会贯通,每有所悟,皆付诸文字,以启迪后人。

举例说,《回顾》中的《任凯和他的〈道法自然〉》一篇,就是他纵谈中国古典哲学以期为今用的力作。此作所论,其基本观点就是老子的"道法自然"说,意在提倡研究辩证法,端正认识论,务求按客观规律办事。

文章虽意在评书，却谈古论今，举事析理，既缜密周详，又剀切入理，令人悦服。而《谈李世民的人才思想及其实践》，又是借历史以鉴今天人才制度建设的宏论。用人之道，关系着事业的成败、国家的兴亡，自是一篇该做的大文章。再有《谈谈日本公务员制度的运行机制》一篇，则放眼世界，注重学习外国公务员管理的经验，不仅显出作者目光敏锐，也表明他胆识过人。

此外，另有《一条增强领导班子活力的有效措施》《关于选拔优秀青年妇女参政议政的思考》《在社会治安防范体系建设中必须正确处理不同的矛盾关系》等篇章，都能着眼大局，着眼发展，着眼未来，控扼机枢，用科学认识论和发展观作指导，以推进各方面工作顺利开展。故而在遇到新局面、新情况、新任务时，均能做到成竹在胸，从容应对，稳操胜券。又如发表于20世纪80年代初期的《过好党的组织生活》《"1079"不可丢》《话说"算账"》《提倡开展谈心活动》《"伯乐"并不等于"千里马"》等文，尽管时间过去了四十余年，但现在读来，仍然具有极强的现实意义，尤为他独具的才识激情所感动。这朴素的事实无可辩驳地说明作者始终站在时代的前列，孜孜追求着，与时俱进着，其作品的精神生命，既经受住了历史发展的考验，也适应着时代进步的现实需求，这是难能可贵的。

读《回顾》，又深感于作者总是勤于深入实际，乐于到工作一线去，先做调查研究，再做论断策划，这种深植于文化观念中的正气清风，诚意真情与科学态度，是与其文风一脉相承的，又突出表现为其思想作风与工作作风的又一亮点。它让时下依旧抱着旧观不改，凭着官位权势不作为或乱作为者，显得多么的鄙陋与背时，又让迫切需要改变自己的命运与处境的老百姓，得到了多大的支持与鼓励。让我们静下心来仔细读《对景泰县引黄灌区乡镇党委建设的调查与思考》，来读《突出地域文化特色，发展甘肃旅游商品，为扩大内需拉动经济作出贡献》，来读《整合资源，创新机制，打防控结合，努力构建市场经济条件下的社会治安防范管理体系》，以及《从公车消费的再分配谈扩大内需中的有效供需结构调整》等许多篇章吧。读过了，你就会发现作者着眼的、思考的、欲办的，都是事关国家经济发展、社会安全、制度建设及结构调整方面的大事。我们还可看到，在面对特定的地域、特定的人群、特定的行业、特定的任务时，无论这些对象内部关系多么错综复杂，作者都能从实入手，理顺对象内部的矛盾关系，让矛盾协调转化，使之互相促进，相得益彰。这种驾驭复杂矛盾关系，使之顺化、优化，朝着利国、惠民、造福社会的方向发展的能力，也是根植于其科学认识论和知行统一观的理论基础之上的，立足于他笃行察真、勤政务实的良好作风之上的。

《武都万象洞照亮陇南旅游线》一文不仅文辞优美，堪称一篇难得的佳作，读之令人心生向往，而且文中还充满了对陇南人民的拳拳关爱之情。还有《构筑兰州黄河旅游大都会》《增强忧患意识，全力维护社会稳定》《弘扬社会正气，促进见义勇为事业发展》等文更是振聋发聩，公仆之心，昭然可鉴。更难能可贵的是，作者虽身在高位，却敢于躬身自省，针砭时弊，比如《要有"自省"精神》《得失之间话晚节》《读"镜子"篇所想到的》《谈谈"荐"与"选"》诸文，皆旁征博引，言辞犀利。尤其是《此种"伯乐"不足取》一文，仅短短200多字，却字字珠玑，微言大义，颇得春秋笔法之妙。

通读《回顾》，我只觉得自己是随着一位不辍耕耘者在捡拾他胼手胝足一路垦拓时所洒落的闪光汗珠的精魂。他耕耘的是咱甘肃的黄土地，播种的是新时代昭示给我们的美好希望，而收获的是融进自己心血和汗水的理想硕果。正如作者在其自序中所言，《回顾》"至少从一个侧面说明，我对党和人民的事业是忠诚的，工作上能够脚踏实地干一行爱一行，不敷衍，不浮躁，不是那种这山望着那山高，朝三暮四，静不下心来的人"。诚哉斯言！

本文发表于 2007 年 1 月 26 日《甘肃法治日报》

（郝觉民，笔名一兵，现任中共甘肃省纪律检查委员会副书记）

含和守素　笃行如初

——读庞波先生新作《政余遣兴》有感

乔榆钧

　　煮一壶新茶，倚窗而卧，直到艳阳燃尽滚落西山。壶中的沸水已经渐渐冷却，而我手捧庞波先生的古体诗词集《政余遣兴》，仍缱绻回味、欲罢不能。读其新作，仿佛在酷暑的京城有一习清风吹过，顿时一身清新爽意。掩卷长思，依然余音在耳，久久不绝。

　　庞波先生博学不穷，笃行不倦。屈指算来，四十年来他笔耕不辍，著作等身。他曾在全国和省级报刊发表散文、杂文、调查报告、理论研究文章 200 余篇，撰写了《联苑撷英》《思行予政》《秉烛耕耘》《回顾与思考》等多本著作；他学识渊博，却行事低调，一派谦谦学者的风范。他注重学问，妙笔生花，还善于把学识和实际结合起来。譬如，他创造性地把饮食和地方民俗、社会经济以及民生结合起来，用涓涓文脉把一碗兰州牛肉拉面嫁接到产业化与规范化的快车上；再譬如，他站在 1909 年德国人修建的兰州中山桥上，以独特的视角创意和策划了大型话剧《天下第一桥》，获得了中国话剧界最高奖项——2012 年中国话剧金狮奖最佳剧目奖。诸如此类，不一而足。

体味"政余遣兴"这个名字，内敛、谦虚又雅致。古代文人，十年寒窗，一朝金榜题名便入朝为官，或伴君于朝堂，或外放于郡县。日理万机之余，书房檀香，琴棋书画，成为一时风尚。唐代刘禹锡云："斯是陋室，惟吾德馨。苔痕上阶绿，草色入帘青。谈笑有鸿儒，往来无白丁。可以调素琴，阅金经，无丝竹之乱耳，无案牍之劳形……"《陋室铭》正是古代文人的真实写照。可以说，不管宦海如何沉浮，他们的精神世界总是丰富的。于是就有了诗仙李白，诗魔白居易，豪放词人辛弃疾，"岭南第一人"张九龄，不胜枚举。他们许多优秀的作品传唱至今，而他们当时的官职倒是少有人提及。庞波先生驰骋甘肃政坛四十余载，深受黄河文明的浸染和熏陶，这片诞生黄帝、女娲的热土，滋润过杜甫、蔡文姬的山川河流，孕育出滚滚热血的飞将军李广和姜维的陇上平原，成为取之不竭的灵感源泉，并在庞先生秉烛耕耘的书斋里，沧桑睿智的文字中鲜活起来。从《政余遣兴》诗词集内容选材丰富多样可以看出作者的视野开阔，大气磅礴。有歌颂党的热烈情怀，有面对祖国大好河山的豪迈吟咏，有超然境界的道骨禅意，更有与朋友唱和的雅趣之句。诗集比较全面地呈现了庞先生在不同时期、不同背景下感悟人生、时事与自然的诗词佳作。

"今日长缨缚龙虎，明朝复兴伟业留"，意兴遄飞，荡气回肠，寄寓了作者对祖国伟大复兴梦的信心和希望。在七绝《神舟九号发射有感》中："昔日戈壁风沙

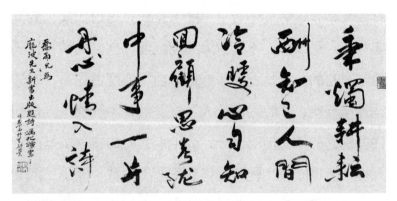

乔雨赠庞波先生诗，嘱杨兆晖书

肆，今朝绿洲编麻桑。壮我国威英姿爽，飞天一曲气昂扬"，将甘肃儿女的无限自豪之情溢于言表。这些诗歌字里行间体现了作者对祖国、对人民、对党的事业的拳拳之心，一扫当下古诗词界逐渐萎靡和浮躁的情形，展现出积极昂扬的胸襟气脉，让人启迪，催人奋进。

诗映心经，具有深刻的文化内涵、字句无不体现着诗人厚重的人文底蕴，同时也反映作者高昂的性格气质。《雨中赴陇西》诗："驱车陇西行，大雨落未停。泥泞崎岖路，难阻拜谒情。"本为眼前语，却在平实中隐忍着坚韧，寓意深刻，仿佛看到风雨中的跋涉姿态，其坚韧不拔的精神跃然纸上。《初秋登天柱山》："身临其境仰天柱，峰回路转穿峡谷。回想江淮多豪俊，成功焉能尽坦途。"跌宕雄浑，尽显永不屈服的黄河精神，然而这不正是中华民族的精神所在吗？在作者饱含热情、充满诗意的目光下，花草、碑文以及山川河流，仿佛都有了生命力。眼所见，心所悟，凝诸笔端。《凭祥友谊关抒怀》："左弼金鸡友谊关，南疆国门英雄传。木棉开始红如火，常忆冯苏气浩然。"《雨中龙园》："仲秋雨丝掠龙园，滋润芳草绿如蓝。黄河开阔水流去，两岸风情斯在观。"均归此类。更有"九尺舞台显群英，百年老桥见精神，自古重臣担道义，留得政声绕梁音"的佳句，仿佛让人看到了千里河流，道出了作为一方为政者的良心和担当。

然而这部诗词集中，最吸引人且最耐品味的，还是作者的人生感悟。沧桑轮转，世事洞明，只言片语间阐述的深层道理发人深省。如"五九回顾知苦甘，进退荣辱事等闲"（《参加工作四十三年感怀》），蕴藉厚朴，余味盎然。"欢喜渐生乐布施，要言深旨寸心知。人间万事从容对，止怒消嗔耳顺时"，充满了千帆过尽潮水平的达观与禅意。无题诗，"人到甲子情怀朗，恰似元宵月华新""修身行善得永年"，风格为之一变，充满了笑对自然及享受自然的愉悦欢快之情……文学来自天地自然、人生百态对人们心灵的触动，正所谓"心生而言立，言立而文明，自然之道也"（刘勰《文心雕龙》）。诗词的灵感大多来自日常生活，遣兴中迸发。正如作者在《随感》中的"妙手生白玉，沃土出金屑。虽曰皆天成，琢练不可缺"，是对这种体语的精妙诠释。

好诗词如陈年老酒，让人揣摩玩味，不经意沉醉其中。在开篇即看到我与庞波先生的唱和作品，感到知己间的畅快与满足，正如作者诗中言："老来挚友金不换，打雨敲风共逍遥。"作为老文友，我热切地期待庞波先生能有更多优秀的作品问世。

远观烟岫近竹凉，云卷翠潮百鸟翔。沾襟晓露惊鸡犬，溪水绕庐逐兰香。

炊烟起，笑满廊。得闲自乐话斜阳。耕筑趁晴书趁雨，长风沽酒诗更狂！《鹧鸪天·贺庞波先生新诗集出版》。

本文发表于 2015 年第 5 期《甘肃文艺》

（乔榆钧，本名乔雨，全国青联常委，中国作家协会会员，中国散文诗学会副会长，中国画院执行院长）

庞公钧鉴

谢 丹

庞公为人师表，尊为先生。

蒙先生厚爱，赐《政余遣兴》，数度复诵。近日外出公务，随身携带，寝前晨起，诵读几首，以舒缓压力、提振精神。我向来文学基础贫瘠于诗句，更是地道之门外人，吟诵先生高辞雅句，尚无和对之能。平素交往之人中，赋诗填词者寥寥可数，除兴毅、觉民略可赋吟外，余众与我相差无几。先生诗集中，幸收有兴毅兄之《中秋寄语》，为吾等挽回些许颜面。可谓文人之憾、后学之愧也。窃自诩尚喜阅读，然徒有其表。除阅公文、念公文、作公文，其他涉及甚少，文学类更乏。恐惧处，似已形成陋习。谓之诗词，斗胆妄猜，作为一种文学体裁，属昔日之瑰宝，诗可吟，词可唱，较之文玩，雅音也。故为文中之极难，不敢触及。然吟诵先生之诗句，不同于律诗之拘谨刻板，亦不似现代朦胧诗之雾里看花。先生之诗，字字珠玑，雅俗共赏。每每吟诵，似与先生面叙，亲和、平易、感知、自然，张弛有度，尽情抒发，水到渠成，于平凡中显智慧，于朴素中寄真情；化境语为情语，凝阅历成哲理。或尊者之教诲，催人奋进，如"万里征程远，放步踏歌前"；或立体画卷，身临佳境，如"水墨涟漪画北山，塔影河声笼城关""铁桥飞虹通天堑，两岸风情赛江南"；或哲人寄语，意味深长，如"莫道桑榆黄昏晚，人间真情自徜徉"等，不胜枚举。此情此景，源于先生对家人之至爱、对家乡之眷恋、对家国之忠孝。故此，先生是把诗赋词填当作了一种信仰、一种生活态度。后学不知诗词，然不可不吟诵之。假借时日，蒙先生引领，抑或喜欢之，甚或仿先生雅句试作之，进而痴迷之，不可言也。终究诗与词于生活不可或缺，亦为生活质量之保障。今起学作，愿未晚矣。

后学狂言，恭请先生赐正。

（谢丹，湖南耒阳人，曾任甘肃人民检察院党组成员、纪检组长）

信手拈来有诗情

人 邻

细细检视庞波的《政余遣兴》这本诗词新作，其中许多作品并不特别拘泥于声律。其实，诸多具有创造性的古代诗词大家，都在遵循格律的基础上有着适当的自由突破。我想，对于并无专门条件和时间去学习传统诗词的人（且不说传统诗词创作的难度），借助传统诗词的大约形式，在语言上将文言和当下的口语组合在一起，稍稍自由地写来，抒发个人情怀，可以朗朗上口，未尝不是一个办法。庞波的这些诗词，从字里行间可以看到，作者写就之后，对于诗作的语言亦有精心且不止一遍地修改、修订。一些诗词，他还特意请一些行家给予评点，而这些评点也反过来成为他再次修改、提升诗意的基础。

诗词，与小说散文不同。因其形式的短、感悟的顿起，大多数的诗词写作都有即兴意味。古人行旅、交友、怀古、忆人，都是即兴写作的因由。作者创作的这些诗词，凡游记、感怀、唱酬，自然也多为即兴之作。

诗集写游记的诗句"漓水潺潺三道湾，漓山隐隐六层岩"（《游漓江》），在这里，作者不忌讳两个"漓"字，顺手拈来，却有自然率性，并不使人觉得重复。"潺潺三道湾"对"隐隐六层岩"，却是两两相对，合乎旧体诗词规矩。合乎规矩，有时容易呆板，但作者写的这两句，由"三"到"六"，境界忽然展开了。"钟乳芦笛驻，石笋云台浮"。《桂林芦笛洞》与《游漓江》里的两句诗相比，这两句则近乎古人的意味了。一"驻"，一"浮"，一静一动，一重一轻，在语言的分寸上都拿捏得很好。作者在古典诗词上的用功，在这里悄然化开，滋长出这样的诗句。所谓不拘一格，此即。

作者面对历史上的人物，尤其是跟兰州相关的，往往有很深的感怀。"段续故里凝神思，悠悠水车诉政声。六棵古柳沧桑阅，百年固疆忆左公"（《段续古遗址前感怀》）。作者于故里的确有着拳拳之心。段续其人，水车之声绵延至今。水车如今是古代文明的遗迹了，但过去它对于黄河两岸田亩的灌溉，于人民的造福，是不能忘记的。看到古柳，想起左公，都令人感慨百年易逝，而后人忆念之心犹在。

"心怀一统志，策马六出山"（《瞻祁山堡武侯祠》），则是作者在礼县瞻仰祁山武侯祠之后的感受。"一统志""六出山"，言其一而六，看似随意点染，但其中的艰难可以想象，其中的顽强不屈，其言必出、行必果的信念，其竭尽全力而不得的潸然泪下，令人感慨不已，怀念至今。

作者的诗歌语言，经由数年间的磨炼，也有着自己的诸多特点。比如有些诗的语言看似随意，细读之下，描摹态状之神似，一反一正，对比之下，叫人会心一笑。"河滩野鸭相戏水，两岸行人拱手归"（《腊八》）。试想一下，腊月寒冬之际，野鸭"戏水"，行人"拱手"，哪里不是有趣的情景！这样的情景自然是来自作者的观察所得。

作者对古典和民俗都是有所注意的，这些也成为他诗意的表现手段。他的《兰州冬雪颂》有这样的诗句："大雪二候虎始交"。作者在这首诗的后面注释："大雪二候虎始交，古人将农历一个节气分为三候，大雪二候即大雪节气之后的第二个五天，阳气萌动，老虎开始有求偶行为。"对民俗民间谚语的引入，不仅可以使诗变得更有生活意趣，亦是以朴素的言语掺入诗的文雅，使诗恢复本原生命力的手法。

　　这本诗词集里还有许多可以品读的文字，相信读者比我有更好的眼力。相信作者以后会经由对于古典传统诗词的不断深入研习，对诗意的不断发现开掘，自然会写出更多的佳作。

　　　　　　　本文发表于 2016 年 7 月 27 日 《甘肃日报》

（人邻，原名张世杰，中国作家协会会员，职业作家）

平实精详见风骨

——读《飞鸿踏雪》有感

哈建设

庞波仁兄新书面世，得先睹为快。《飞鸿踏雪》仅这书名，本身就意象横生，充满诗意，令人遐想之余，不免产生阅读的冲动。捧读之余，实感文风平实、内容丰富、题材广泛，蕴含中华民族深厚文化，传达着作者眼中的真情实感和真知灼见，尤见风骨。

金城兰州是黄河唯一穿越而过的城市，作者生于斯长于斯，并供职于斯。黄河的豪迈奔放练就了他豪爽包容与存真务实的性格，这一点从本书所选的文章看，诸如《乡愁永恒——来自兰州庙滩子的记忆》《母亲轶事》《我心中的父亲》《关于话剧〈天下第一桥〉》《与对话"对话"》等文章，平实精详，娓娓道来，朗朗上口，比较率真。人真、事真、文字真，没有丝毫的修饰和做作，动之以情，晓之以理，起到了寓教作用，真有"四两拨千斤"的功力，亦展现出庞波与爱女庞立群的胸怀和气度，凝结了他们的情感与智慧，似清风徐来，如浩浩正气，给人启迪。没有高雅追求的人，没有正义感的人，没有思想修养的人，没有对故乡挚爱的人，没有文学修为与追求的人，是很难写出这样的文章的。

作者深深地热爱着他们的生活之地，立足于故乡的人和事，从中寻找闪光点，看似寄情山水之间，放浪形骸于山川草丛之中，但从字里行间不难感悟到他们的真情实感，以及对周围事物、故事的独特感知。这正是他们的可贵之处，用拟人化的笔触，将眼光始终瞄准生活周围的人，瞄准自己工作环境中的人和事，从小见大，从中开掘闪光点，以此热情地讴歌时代精神，热情讴歌他熟悉的群众与干部。同时，他还以锐利的目光洞察时弊，进行慎独思考，鞭挞丑恶，宣扬真善美，不仅表达出积极乐观，睿智深邃的见解，而且还将正义的旗帜高扬。庞波还是一个爱好广泛，善于思考的人，他对兰州的历史、典故、地理兴趣浓厚，所到之处总能从中发现一种精神元素和精神符号，从而探究地域文化的精神价值。激扬深沉的文字里既包含着对地理人文、对历史的尊重，又解读出地缘文化中蕴含的精神力量，在弘扬时代主旋律的同时，凸显出一个工作、入党近半个世纪的共产党员的历史责任感和使命感，反映出他对党的事业的忠诚，对祖国的热爱和对人民的深厚感情。好的书和文章，能给人以启迪，催人奋发，引人向上，教人向善，读罢颇有收获。

庞波曾担任过省直多个部门的主要负责同志，是有着丰富阅历和管理经验的领导干部，同时也是位博览群书，有着开阔文化视野、深厚文化积累和人文素养的文人，他勤奋、好学、博识，工作之余著书立

哈建设赠庞波先生书作

说，笔耕不辍，迄今已经创作了多部文集，甚至还写过旧体诗。作为庞波的女儿，作者之二的庞立群毕业于中国传媒大学，风华正茂、年轻有为，曾经是上海东方电视台音乐节目主持人和央视品牌栏目《对话》的导演。他们父女俩合作著书，一老一少，一唱一和，让经验与活力联动，让阅历与青春牵手，可谓优势互补，各显风采，相得益彰，相映成趣。

与庞波仁兄相识较早，熟知则是近几年。他为人忠厚、热忱、仗义，办事果敢，沉稳有致，这些都给我留下了深刻印象，是我学习的榜样。他开朗、乐观、自信、爽直，活脱出一个兰州汉子的神韵。读着这部凝结了两位普通共产党员心血与智慧的《飞鸿踏雪》，顿觉手中的分量，不由生出一种敬意。文如其人，古人讲究一字断人，以文识人。从庞波父女的文章中，我加深了对这个金城汉子与秀女的理解。这理解中包含着我对他们情操、信仰、理想和境界的认同。庞波时常考量着"骨"与"气"的关系，深究"节操"在人生中的意义。《飞鸿踏雪》的书名体现了他的思考与探究。这世上，有多少事本应充满情怀，有多少情应思而后语！

人是要有点精神的，没了精神就没有了理想和追求，也没了脊梁。庞波父女生活在富有的精神世界里，以不倦的热心与热情传承着中华优秀传统文化，以传神之笔，考量着父亲、母亲的言传身教，领略着家传、家教与家风，人活着为什么？观察"四君子"和"岁寒三友"的人生哲思。同时在素有天下第一桥之称兰州黄河铁桥上、榆中"接驾咀"、麦积山、武威天马以及被誉为黄河忠臣的邹应龙身上，他抚今追昔，思考着现实中如何尽职尽责地完成党和人民赋予的责任。在他眼中，敬业不仅是一种境界，更是一种情操。他干一行，爱一行，钻一行，并在业余时间痴心不改地探析文学，以真情感化文风，不断地升华人生的价值和意义。至此，是与不是，明眼人一看便知。

本文发表于 2021 年 11 月 16 日《甘肃日报》

（哈建设，号沙柳，中国书法家协会会员，中国名家书画院一级书法师，曾任甘肃省纪委正厅级监察专员）

自然平实　娓娓道来

——读《飞鸿踏雪》短记

人　邻

庞波先生是我的老领导。我在甘肃省人社厅工作的时候，与庞波先生多有接触。在一线工作的时候，他因对事业的钻研和热爱，在繁忙的工作之余，悉心研究，编写了全国公务员培训学习教材《政府效能建设理论与实践》《公务员行政学习读本》，填补了这类学习性图书的空白；同时，因对甘肃地域文化、对文学的热爱，多年来，他撰写了《联苑撷英》《秉烛耕耘》《回顾与思考》《思行予政》《政余遣兴》《知田种田》《即兴诗情》等多种著作。在日理万机的领导工作岗位上，能够创作如此多的著作，不仅需要有过人的精力，更需要不俗的才能。

庞波先生是土生土长的兰州人，熟知故土的历史文化、民俗民情。对故土的历史文化，他不仅是热爱，更是竭尽全力要将其宣传出去，为故土增光。为此，他创意策划了话剧《天下第一桥》。这部大气磅礴的话剧，反映了彭英甲这位实业救国的清朝官员，为完成铁桥的修建，顶住来自各方的巨大压力，在师生、父女、母子、官民之情的重重矛盾中，艰难抉择，痛苦取舍，以超常的手段、越规的行为，即使身陷囹圄，也义无反顾，最终实现了他修建铁桥的梦想，成就了一番造福于民、功垂千秋的伟业。

《天下第一桥》这部话剧演出后，引起了轰动，连续荣获国家舞台艺术精品工程、第十四届文华奖优秀剧目奖等奖项，成为不可多得的本土经典话剧。

除了对本土历史和地域文化的热爱，庞波先生还在诗歌和散文上笔耕不辍。他诗集里的作品，眼界宽阔，内容丰富多样，不拘一格，蕴含着中华民族深厚的文化，颇可一读。

近几年，转入二线的他，也许是因为时间的余裕，文章颇多，亦各有新意。去年，庞波又和爱女庞立群，将他们多年来撰写的文字精心编选，合著了这本厚达两百五十多页的散文集。忙碌之余，我断断续续地读了这些文字。这些散文，有的侧重于对甘肃历史和地域文化的深入，质朴的文字，平实的记述，赞美了对华夏文明发育有着极为重要意义的穿过兰州的黄河，深入研究了三国文化烙印下的甘肃历史，探索了兰州"接驾咀"的历史背景，描写了武都迷人的万象洞和宕昌的官鹅沟；有的借助于王希孟的《千里江山图》，"四君子""岁寒三友"，从哲学层面，以文学化的语言，探究了社会和人生问题。这些文字里，也有作者因公出国，根据考察笔记写就的《美国杂记》《次行美国》《瑞士记忆》，栩栩如生的文字，反映了异国风情之美。这些文字里，更有作者的精心之作，感怀至深的纪念父亲母亲的《随风潜入夜，润物细无声——我心中的父亲》和《我的母亲》。

文学的要义，第一是真，第二是有情。庞波先生和爱女的这些文字，首先是真。文学的真，是现实的真实，不能虚构。当下，有的散文家因缺乏生活，提倡散文的适当虚构。大谬也。散文是什么？不是诗歌，可以发挥想象力；也不是小说，可以虚构。散文的意义，是以文学的手法对生活进行剪裁的真实记录。放弃了这个真，何来散文？有情，是散文作者必须以真实的情怀来感人。庞波先生和爱女的文字，做到了真，也做到了有情。真，是让人读着这些文字，有身临其境的感觉；有情，是让读者在读这些文字的时候，为作者内心澎湃汹涌的感情所触动。没有这样的情，没有这样对万事万物对人的情感，文字必然是冰冷的。冰冷的文字再讲究，也不能触动人。

在这些文字中，我尤其喜欢《随风潜入夜，润物细无声——我心中的父亲》和《母亲轶事》这两篇。也因为是亲人，诸多生活细节，作者看在眼里，记在心里，娓娓道来，用难得的细节，为我们刻画出一位谦虚谨慎、为人善良、生活简朴的父亲，也为我们刻画出一位端庄大度、正直勤俭，富有人格魅力的母亲的形象。

文章贵真、贵情、贵作者的真情投入。而真情投入，需要纯净的心性，需要不断地修炼人生。培养心性，继而写好文章，无疑是从文者的必由之路。庞波先生的文章，即这样的文字。

期待庞波先生继续写下去，以他丰富的人生经历，无疑会写出更好的文章。我们期待着。

本文发表于 2022 年 3 月 22 日《兰州日报》

《天下第一桥》

——大爱与责任铸就的艺术名片

马琦明

两年前，在和庞波的交谈中得知，他正在创意策划"黄河铁桥"的剧本，我被他倾心于地域历史文化研究与创作的激情所感动。记得庞波说，我们都是兰州人。他常想，犹如一道美丽的彩虹凌驾于母亲河南北两岸的黄河铁桥，在穿越了百年时光隧道后，为何依然坚固并能超期服役？在那个千疮百孔的沧桑岁月，时任兰州的地方官员，就高瞻远瞩，以创造性思维冲破重重阻力，主张并主持修建了一座铁桥，造福于民，多么了不起啊！不久见到李维平，说到庞波的创意很有意思，还说他正在着手编写剧本。我说，他有这方面的才华，又是表演艺术家的后代，一定会写好这个剧本。李维平动情地说，百年铁桥讲述着多少鲜为人知的故事，如果用艺术的手法再现这些故事，唤醒人们的责任，那该多好！
听了他们的创作思想，我由衷地高兴。

如今由中共甘肃省委宣传部、甘肃省文化厅、甘肃
省演艺集团公司重点立项，甘肃省话剧团创排的话剧
《天下第一桥》已经与观众见面，看了该剧，我深受感
动。

《天下第一桥》主题鲜明而深刻，背景广阔而集

《天下第一桥》剧照

中，讲述的是100多年前，滔滔黄河冲垮了在风雨飘摇中服役了500年的兰州镇远浮桥，在饥寒交迫中挣扎的苍生，只能望河兴叹。时任陕甘总督升允以及兰州道台、甘肃洋务总局总办、建桥总指挥彭英甲等，先天下之忧而忧，后天下之乐而乐，请德国专家利用三年工夫，在镇远浮桥原址上建起了黄河铁桥，确保南北两岸通畅。

该剧主题古为今用，具有很强的现实意义。为揭示这一鲜明深刻的主题，编剧以情为经，以爱为纬，纵横交错，使一家人的三大情和爱贯穿始终，既以人为本，又力透纸背，体现剧本的"灵魂"。

公仆情、爱升华为责任。由"梅花奖"得主朱衡饰演的彭英甲，一身正气，两袖清风，为落实建桥的重任，他坚守为民分忧解愁的信念，冲破重重阻力，把个人生死置之度外，甚至以牺牲爱女为代价，以坚韧不拔的毅力完成了建桥任务，兑现了"为官一任，造福一方"的诺言。而黄河铁桥竣工剪彩的那天，他却成了阶下囚，双膝跪地哭别娘亲赴沙场……英雄气概、民族气节跃然于舞台，让观众感受到奋斗中的生命精彩。在观众雷鸣般的掌声中，大爱与责任升华！

父女情、爱升华为事业。为修桥，彭英甲把深爱的女儿彭彩云送往德国学习桥梁技术。学有所成后带着男友保罗回兰州省亲时，彩云耳闻目睹了父亲肩负的重任和遭遇的阻力与困难，她说服男友留了下来，二人共同担任起建桥工程师，鼎力支持父亲的事业，直至她献出年轻的生命。铁骨铮铮的彭英甲怀抱爱女，哭得撕心裂肺。父女深情和国仇家恨的矛盾冲突升华为一种民族责任感与为民造福的大担当，博得了观众的心灵共鸣和经久不息的掌声。

母子情升华为爱的力量。由国家一级演员、"金狮奖""文华奖"得主郑子荣饰演的彭英甲的娘，深明大义，爱憎分明。她爱儿子，更支持儿子的事业。母子含冤忍辱诀别的泪水，在民族复兴的伟大事业中升华为力量。正如剧情结尾时，彭英甲仰望黄河铁桥时说的一句话："走了一个彭英甲，留下一座黄河桥。值啊！"

由此想到，今天我们要建设美好新甘肃，需要的正是这种实实在在的责任、事业和力量。通过矛盾和感情的冲突来揭示主题，推动剧情发展，是该剧的成功之处。

另外，值得一提的是，剧中各种角色的表演，沉稳娴熟，得体且有个性。舞美设计和创意与剧情主题可谓烘云托月、珠联璧合。断桥、将军柱、羊皮筏子、乌云蔽日、滔滔黄河、暴雨倾盆、衙门内的雕梁画栋、桌椅门窗、角色服饰等道具，颇具历史沧桑感和大西北兰州的地域色彩，加上演员用颇浓的京兰腔表白的喝灰豆子和甜醅子、吃牛肉面、抽水烟等道白，使浓郁的兰州文化得到了体现。有理由相信，《天下第一桥》定能为已经成为兰州"名片"、誉满天下的黄河铁桥增色不少，百年铁桥也会因这张大爱与责任铸就的艺术"名片"，而走向世界，走向未来！

本文发表于 2012 年 7 月 11 日《甘肃日报》

（马琦明，回族，中共党员，甘肃兰州人，曾任兰州市副市长、甘肃省科学院党委书记）

《天下第一桥》

——通往古今的桥

范　文

由庞波先生举鼎策划，李维平先生执笔编剧，甘肃省话剧院精心创排的大型历史话剧《天下第一桥》乍一问世，便带着几分矜持、几分沧桑、几分厚重，似乎与兰州人的历史与文化情结"心有灵犀一点通"，首场演出便令人刮目相看，赢得社会各界的认同。

该剧以清朝末年甘肃洋务总局总办彭英甲主持修建兰州黄河铁桥为故事题材，注重从历史沉淀中寻找地方文化的载体，在尊重史实的基础上，结合话剧自身的艺术需求，展开大胆的创作想象，融历史性、现实性、艺术性、浪漫性于一体，展示了以彭英甲为代表的中国近代知识分子开眼看世界以后的觉醒，以及觉醒过程中将要面对的封建势力和落后意识。当时，沉疴难愈的清王朝在走向没落时，依然沉迷在麻醉状态之中，落后的封建保守意识似乎更适合在这种状态下生活。该剧围绕兰州黄河铁桥的修建过程展开故事情节，循序渐进，娓娓道来。其中人物性格迥异，各具代表性，逐一解读，会使人顿生"哀其不幸，怒其不争"的历史情愫。

袁彦鹏赠庞波先生书作

一部优秀的剧目，最可贵之处莫过于紧紧扣住现实的脉搏，在扑朔迷离的历史传承中厘清属于自己的文化基因，与观众达到情感意义上的共识与共鸣。庞波先生的创意和策划并不是心血来潮，而是作为生于斯、长于斯的兰州人，基于对黄河的眷恋，基于弘扬铁桥精神、讴歌开放包容的陇原形象的夙愿，基于借古喻今、推陈出新的创意和策划。李维平先生能充分理解原创的本意，精心绘制，潜心研究，带着深厚的情感为观众提供了一个令人沉思和震撼的精神脚本，最终以话剧的形式展现在观众面前。

历史总是在朦胧状态下重复它的过程。眼下甘肃提出跨越式发展，抓住机遇，产业转型，政策叠加，并在努力创建甘肃精神，有识之士为之振奋。从文化心态上来说，自尊、自信、自强是当务之急。甘肃曾是中华文明最早的发祥地之一，伟大的母亲河黄河在这块土地上成就了她的儿女，统一了他们的语言，使中华民族有了对根的认同。然而它的脚步在中国历史文化的演进过程中，尤其是在近现代，似乎永远处在滞后状态。困惑与释惑似乎永远是甘肃文化人的情缘。庞波先生和李维平先生之所以能够倾心于《天下第一桥》的策划与创作，源自他们对现实的清醒、对历史的追问。看罢该剧，人们也许能从历史中找到回答某些现实问题的答案。兰州人心中都有一座桥，它是历史的桥、现实的桥、向往建设幸福美好新甘肃的桥。

明洪武五年（1372 年），宋国公冯胜与元将扩廓帖木儿（王保保）作战时，在今七里河大桥约 500 米处搭建了兰州历史上的第一座浮桥。这座桥仅用于战争，战后随即被拆除。明洪武八年（1375年），卫国公邓愈率军平定河西，在今七里河大桥东建浮桥，以运粮饷，命名为"镇远浮桥"。明洪武十八年（1385年），兰州卫指挥佥事杨廉将浮桥移至"河水少绥，近且易守"的白塔山下，今中山桥西侧处。因靠近兰州城区，浮桥除军事用途外，也成为民众渡河的浮桥。遗憾的是，浮桥是季节性的桥，每年黄河凌汛来临之前必须拆除。久而久之，搭建浮桥成了兰州的一件文化盛事。人们对桥的期盼和呼唤，来自内心的文化与物质冲动，暗含了浓郁的文化情结。

1909年中德联手，精英组织施工，兰州百姓踊跃参与的铁桥落成后，再次激发了兰州仁人志士的文化情结。桥两侧同时修建了两座石坊，分别镌刻了"三边利济"和"九曲安澜"，各辅以楹联：

曾经沧海千层浪；又上黄河第一桥。

天险化康衢直入海市楼中现不住法；河蜃开画本安得云梯天外作如是观。

今天，单从实物上看黄河铁桥，体态并不雄伟。然而，它对历史内涵的承载，却需要我们透过历史的烟雾去审视。黄河铁桥建成后的第二年，辛亥革命爆发，第三年郑州黄河铁路大桥建成通车。黄河铁桥的落成，是西方文明与华夏文明在母亲河上的首次对接，是东西方文化交融的见证。其实，我们每个人心中都有两座桥，一座通向历史，拷究我们的责任；一座通向未来，追求自由与幸福。这是文化的设定，属于人类精神的范畴。

舞台艺术是高雅艺术，话剧又是艺术中的艺术。一部好的戏剧作品，要经过不断地打磨、提炼，甚至要经过几代人的推敲润色，唯此才能摆脱一代人认识上的历史局限性。对一部戏剧的文学美、艺术美、舞台美的把握，是一个不断探索的过程，非一蹴而就。《天下第一桥》一问世就大获赞誉，其中"可圈""可点"的地方不少。

《天下第一桥》旧票

艺术是博大的，艺术家首先应该具有虚怀若谷的品质。庞波先生和李维平先生能够策划创作出这样一部话剧，他们的胸怀无疑是博大的。

诚然，一部受到世人关注，能够传承的好作品，不是一问世就完美无缺，仍需批评和打磨才能达到炉火纯青的功力和张力。《天下第一桥》着力凸显彭英甲的个人形象，但没有采用"鹤立鸡群"的艺术手法，依然沿袭传统描写"英雄人物"惯用的"水落石出"的表现方式。剧中其他人物形象几乎都是色调灰白。剧中的陕甘总督升允横行专断，一脸霸气，一腔愚忠，缺乏感情色彩。兰州知府傅秉鉴则是个唯唯诺诺的卑微小人。在这里我们必须认识到，艺术是可以创作的，但以史实为基础的艺术创作，必须忠实于史实的时代情感与人文背景，并赋予它现代人的情感与文化解读。如果失之偏颇，艺术的价值就会打折扣。清朝末年，中国知识分子的觉醒是全方位、多层次的觉醒。彭英甲之所以能来甘肃创办洋务，与升允和兰州知府的"觉醒"不无关系。黄河铁桥之所以能够建成，与二人的鼎力相助不无关系。关于升允和兰州知府的历史功过，因篇幅的关系，在此不再多说，历史已有定论。剧中对二人的刻画，似乎主次不分，失之偏颇。剧中唯有的两个正面衬托的人物——德国工程师和彭英甲的女儿，也显得情感张力不够，价值取向不明朗。彭母的塑造给人的感觉有点牵强附会，中国传统式的"母亲"被弱化了。

剧中对地方人文的表达过于低沉，甚至略带不恭。四个秀才，愚顽昏昧，人格缺损，以"捐官受骗"而收场。从艺术表现手法上来看，似乎有点"两败俱伤"。其实，辛亥革命前后，甘肃的士子思想还是比较活跃，比较积极向上的。在当时，兰州士人"举而措之，天下之民"的价值取向是明朗的。铁桥落成后，许多士子吟诗作赋，抒发情怀，至今有案可稽。铁桥拟建中，确有地方豪绅商贾出面反对，理由是修桥会破坏地方风水，惹怒河神，招来天祸，并非出于赋税，也并非士子所为。由清中期开始的捐官捐功名，也非甘肃独有，而是普及于全国，甚至成了一种政治诉求。

剧中几次河工的戏，过于慵懒消极，几次出场都是昏昏欲睡，要么消极怠工，要么讨要银子。那个张监工更是一副醉鬼相，满口不伦不类的兰州话，也有悖于史实。其实，中山铁桥在修建过程中，兰州人有许多可歌可泣的事迹。修桥所用的工程材料，轮船运到天津港以后，又经火车运到河南新乡，由兰州的车户用马车运到兰州，历经半年之久，山高路险，不少人为之献出生命，这不能不说是一种精神，是需要褒扬的。铁桥的监工皆由泰来银行从外地指派，个个都是具有一定专业素养的工程技术人员，工作一丝不苟，责任心极强，不可能是满口兰州话的醉鬼张监工。

瑕不掩瑜。从总体上看，《天下第一桥》是一部具备了经典雏形的剧目。祝它创造辉煌、经演不衰。

本文发表于 2017 年 7 月 18 日《甘肃日报》

《政余遣兴》序

陈田贵

庞波同志是我的老同事，也是老朋友。据我所知，庞波同志年轻时就喜爱文学，公务之余，笔耕不辍，写过不少散文、杂文。记得在 20 世纪 90 年代中期，我俩还共同编辑过一本对联集，书名叫《联苑撷英》。2012年，庞波同志创意策划了大型话剧《天下第一桥》，该剧演出后在全国话剧界大获好评。近三四年，他对传统诗词的兴趣日渐浓厚，陆续写出百余首诗词作品，最近整理结集为《政余遣兴》，算是诗词创作的一个小结。作为老朋友，作为第一读者，在本书出版之际，我谈谈读后感受，或许对阅读此书的读者有一点点帮助。

庞波同志的诗词作品大致可分为以下三类：第一类是作者歌颂陇原大地及名山大川的记游之作，这是篇幅相对较大的一部分；第二类是作者对人生、社会、自然的感悟之作；第三类是作者与亲友同事的唱酬之作。下面不妨分别谈谈我对这三类作品的理解。

一、纪游写景。作者的足迹遍及许多地方，名山大川和奇山秀水往往激荡、陶冶着作者的诗情。其纪游诗以写景为主、抒情为辅，往往通过描摹、刻画景色来表达作者对祖国山河及美好人生的热爱，诚如国学大师王国维先生所谓"一切景语皆情语也"。这方面的力作如《游漓江》：

漓水潺潺三道湾，漓山隐隐六层岩。

神闲心静掠浮影，山色水光尽笑颜。

此诗抓住漓江名胜三道湾和六层岩两个亮点，写"水之潺潺"和"山之隐隐"，作者置身于此，深受感染，旅途的劳顿、公务的冗杂都在此刻消失，作者一时"神闲心静"，如水波不兴、浮光掠影的江流，沿途的山与水都是那么亲切和蔼、笑容满面，如同好客的主人。美景让作者的心中充满了"正能量"，可谓心旷神怡。此诗达到了借景抒情、融情于景的好效果。再如《重游康县阳坝梅园沟》：

> 坝上月明溪水静，梅园沟里鹊声轻。
> 田家温酒敬远客，同声齐颂党恩情。

作者首先用明月、清溪、鹊声、田家等意象勾勒出梅园沟暮色中安详静谧的景色，就像一位高明的山水画家，为读者描绘了一幅田园牧歌式的和谐画卷。庞波同志任省委组织部副部长、省人社厅厅长多年，重视并致力于全省城乡居民社会养老保险制度的推行。2011 年12 月去康县时，该县农村老人历史上第一次领取了养老保险金，作者甚为欣慰。正是党的殷切关怀，才造就了农村的此种和谐景象。此诗正是为这件事有感而作。

作者的记游诗大多具有这个特点，通过前面浓墨重彩的景色描写，最后自然而然地归结到人的思想感情，点明主题，做到情景交融、以景抒情。

二、记事志感。作者年届花甲，工作经历非常丰富。无论是个人际遇、社会现象，还是参加公务活动，只要有感于心，都以诗词来显志抒怀。许多作品都具有即兴口占的风格，直抒胸臆，不事雕琢，虽然有时伤之于直白浅显，但都是作者真情实感的流露，仍然值得肯定。如《观领军人才汇报演出有感》：

今夜星光灿烂，梅花分外妖娆。
京秦陇豫齐唱，歌声直上云霄。

据作者注释，此次演出有甘肃省七位梅花奖得主的戏剧演员登台献艺，所以作者以欣喜、轻快的笔触记录了此次盛会，用"灿烂""妖娆"来烘托、渲染演出盛况，最后用夸张手法作结，很好地表达了作者观看此次演出时的喜悦心情。再如《喜看陇文化振兴在望》：

花团锦簇绿叶扶，文化名流聚一屋。
暖暖话语把文脉，切切真情绘蓝图。

此诗首句借用"牡丹虽好，还要绿叶扶持"的古谚，来称赞甘肃省召开此次协调推进会，问计于各方面文化专家学者，后两句以对仗手法具体描述了开会场景，充分表达了作者对甘肃省文化产业发展的期许之情。窥一斑而知全豹，从以上两首诗即可看出，庞波同志的确是一个对经济社会文化发展饱含热情的人。

再举两首言志抒怀的作品。先看一首《六十初度感怀》：

欢喜渐生乐布施，要言深旨寸心知。

人间万事从容对，止怒消嗔耳顺时。

此诗是作者60岁时的感怀之作，通篇无虚话、套话、浮话，全是作者的肺腑之言。起首以佛教用语生发，写自己随着年龄的增长，心态胸襟也更加平易宽和，渐生"欢喜"，乐于"布施"，对人生世相看得更透、更开、更清楚，对于人生况味提炼出的"要言深旨"只是藏于"寸心"，不会像鸣蝉噪蛙一样肤浅地去随意表达，怒能止，嗔能消，万事可从容。读诗至此，我不禁为作者这种超脱、通达的人生态度叫好。此诗格律浑成，章法井然，起承转合到位，形象思维鲜明，的确是一首好诗。再看一首《随感》：

妙手生白玉，沃土出金屑。

虽曰皆天成，琢炼不可缺。

我感觉，作者的这种随感并不随意，而是寄寓了很深刻的哲学意味和人生感悟。石头琢成白玉，矿石淘出黄金，尽管其本质如此，但后天的"琢炼"是至关重要、不可或缺的。

三、亲友酬唱。作者写了不少与同事、友人的寄赠、酬唱之作，也是情真意切，诗意盎然。如《立群入党日寄语》：

癸巳新纪元，入党喜讯传。

万里征程远，放步踏歌前。

这是作者为爱女立群入党而作的寄语，其间透露出一位父亲浓浓的爱意和殷切的期望。岁月进入新纪元，同时爱女的人生也进入"新纪元"——传来了她入党喜讯。作为父亲，作为长者，作为前辈，他对立群发出了

"放步踏歌"而一往直前的谆谆寄语,可谓金玉良言。
又如《和马定保同志诗一首》:

> 将军塞上显神威,扬我中华圆梦归。
> 飞天一曲荡宇宙,尖端武器浩气飞。

这首诗是奉和别人诗作主题之作,赞颂了酒泉卫星
发射基地发射成功天宫一号。诗中洋溢着对我国国防科
技取得重大新成就的自豪和期许。风格轻快,意象生
动,令人感动。

集中还有好多与家人、朋友之间的题赠、唱和之
作,也都写出了真情实感,显得风趣生动,这里不一一

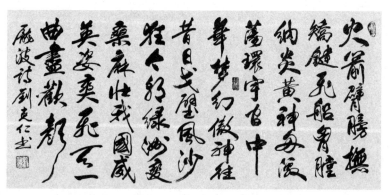

刘克仁书庞波先生诗作

列举。

庞波同志的诗作，从体裁上看，多为五言、七言古风，这种不入律的五言、七言诗，写作时较少束缚，便于表达情感，作为诗苑万紫千红中的一种，自有其地位。运用得好，当然也能写出好作品。庞波同志将诗歌作为工作之余的一种雅兴，以诗词来怡情养性、陶冶情操，是难能可贵的。爱好是最好的老师。由于爱好，肯下功夫，庞波同志在诗歌创作上才有了不小的成绩。爱好，特别是对风雅的追求，不但使人快乐，而且能结出累累果实；反过来，经过辛勤耕耘，获得累累的果实，也给人带来欢愉。祝愿庞波同志在诗词园地精心耕作，收获更多更好的果实。

长河一滴水　融流永不息

——《知田种田》读后感

严光星

　　我在探索创建悟学、杞学与"新五侠"小说的过程中，尽绵薄之力去发现和研究新学科。近日，连夜拜读了作家、诗人、退休了十年的庞波先生的新集《知田种田》与其他作品之后，我为他慧行人生的人文精神和"信手拈来有诗情"的才华所敬佩，并由此引发了对人文传承学这门学科的新思考。

　　正是靠着人文传承的巨力推动，人类穿越了漫长的历史长河。迄今，人文传承的空间丰富多彩。诸如人文之祖伏羲、书圣王羲之、兵圣孙武、诗仙李白、乐圣贝多芬、音乐神童莫扎特、大发明家爱迪生等，以其曼妙绝伦的光亮温暖着人类的心海。同时，又有不断重叠的人文喜剧、悲剧、闹剧交替上演，使世界出现了"一路阳光伴风雨"的"人文杂象"。某地，"官人居上，商人兴旺，文人半悲凉"的生活小品比比皆是，引人忧思。人文传承的多元化、多变化、多向化的社会形态，已经严峻地摆在了我们面前。如何让人文传承为全球共同体发展继续鸣锣开道并开花结果，已成为一道更需要全面解决的难题。就在这种历史大背景下，步履稳健、目光深沉的庞波先生姗姗而来。

在中国人文精神的照耀下，土生土长于兰州的庞波先生，在政界、家庭、文坛三部交响曲中辛勤前行，德才兼备，有口皆碑。他在甘肃省从政四十多年，曾在旅游局、政法委、司法厅、人社厅、组织部等部门担任领导职务。所撰写的《建设兰州黄河大都会》等文章，获过国家级或省级大奖。他一手创意策划的大型话剧《天下第一桥》，火爆演出并荣获国家"金狮奖"和第十届"文华奖"，又被当时的文化部确定为2013年国家精品"工程奖"。四十多年中，他努力向着想做事、做正事、做成事、不出事、留好事的人民公仆的高标准砥砺前行，得到了党和国家领导同志的接见。他的家族崇文敬德，祖母的先祖在明朝年间因文才出众而位居太子少保，祖母救济灾民的事迹成为兰州的佳话。父亲在工作中荣获全国先进气象工作者和全国青年社会主义建设积极分子等称号，两次得到了毛主席的接见。母亲一生贤惠，驾鹤西去时身盖党旗。四叔庞炳是兰州太平鼓传人，在央视《中华鼓》大会演中获奖。夫人韩慧琳在部队是注重人品的文艺兵，女儿庞立群曾是上海东方电视台的节目主持人和央视对话节目的导演。百年来，五代崇文，三代为"党员之家"。他创作了5本专著，受到读者的喜爱。《知田种田》一书是他的近期作品集。作为一个业余作者，其精神难能可贵。综观他的整体作品，根植于中国传统文化的博大土壤，立足于甘肃故乡的所见所闻，将政学、史学、哲学、文学与信息学的多种元素合理汇于笔端，有感而发，即兴而作，展现了较高的主题高度、思想深度、信息广度与艺术力度，达到了人格与文学品质的较好结合，为我们理解中国地方高层干部的精神世界与人文精神提供了真实鲜活的人文档案。《知田种田》作品集，是作者继《政余遣兴》诗集之后的又一部集诗和散文于一体的文学作品集，分别为

"追求风雅""尽心之作"和"他山之石"三辑，散发着智慧正能量、潜藏大能量与助推长能量的阳刚气息和真情魅力。《国庆寄语》《重走延安》《西藏纪行》《银川行》等42首诗，满怀深情，直抒胸臆，意境深远，诗意颇浓，确有北方人的豪放气派与扎实功底，是比较典型的"甘肃诗人晚唱"。《美国杂记》《母亲轶事》等21篇散文，语言质朴，文笔优美，见识广博，放开视野去感悟大千世界与家庭琐事，传递了见闻有限而遐想无限的现代信息和艺术质感，展现了作者驾驭大局的恢宏气度和功底深厚的艺术才华。《含和守素 笃行如初》《政余遣兴·序》《光阴的故事》等10篇友人或亲人的佳文，既是对庞波先生的理解与赞美，又为我们间接理解庞波人文现象提供了多元空间。总体而言，这是一部可信可读、可思可存的佳作，为我们今后走进人文世界增添了一盏朴实平和而又有深远意境的"甘肃神韵之灯"。让我信手拈来其中的几片艺术之叶，便可见叶知林。几年前，他的女儿赴沪挂职，便即兴赋诗："京城五月酬未闲，朝闻立群明飞沪。乘兴南游又复苏，立志望京花锦簇。身体力行

诚可贵，节俭勿奢酿宏图。莫使上海行乐处，空令岁月
易恍惚。"女儿庞立群又写了一篇随笔《光阴的故事》，
其中有这样一段描写："每每读到父亲的诗词，总觉
得好似在看小说，有故事，有情节，有想象，更有活
灵活现的画面映入眼帘。'昨夜彩云入梦酣，今朝莲
瓣遍宇寰。不是玉兔迎芳客，却是五仙游人间。'读这
首诗时，我仿佛已坐在瑶池边，与翩翩而来的飞天仙
女谈天说地，顿时觉得惬意些许。当读到《欣闻北京
落雪》中那句'莫叫阴霾翻波澜'时，瞬间用手捂住
了口鼻，感觉虽已置身北京冬天的蒙蒙雾霾中，但有
了这场雪，京城的空气立刻清新了许多。"品此诗文，
我不由浮想联翩，恍入幻境，仿佛看到庞波先生漫步
于兰州城中，放眼于上空明月，思索着明日飞沪的心
爱女儿，难分难舍又牵肠挂肚，既喜欢上海的繁华，
又忧思香风迷雾，便发出了如此这般的严父之嘱。而
善解父意的乖女儿又是父亲的诗文知己，话语间散发
出催人泪下的孝女情语。这不仅使我想到了当年朱自
清写《背影》时的感人镜头，又联想到三十三年前我
的父亲乘坐拖拉机行三百里路为我送一盒熟肉的情景，

禁不住悲痛失声。本书收录了时任中国法治编辑部副主编滕灵芝的随笔《铁笼山探险》。滕灵芝用一支生花之笔，描写了庞波先生考察三国古战场铁笼山的经历。庞波先生即兴赋诗："岷武系脉铁笼山，势峻雄险古战场。昔年司马困铁笼，冀雄伯约三打关。山头魏兵拥豁口，山下蜀军旌旗望。姜维精忠志未酬，放昭脱笼定江山。"正是此文此诗的牵引，我与国防大学张勇博士近期创作了电影文学剧本《三国战将姜维》，艺术地再现了当年姜维与司马昭于铁笼山斗法护民的故事。而作为此剧艺术顾问的庞波先生，又为我们指点迷津，锦上添花。数月前，我到兰州拜会他，虽是初见却心心相印。我很赏识他的人品与智慧。没想到他赠诗一首："又是中秋月皓穹，勾起人销魂。回望路漫历程，脚步自从容。虽平庸，倒安然，未虚荣。你我志同，丁酉赏月，秋思风鹏。"我读后想起了苏东坡。十多年前，我在四川创作出版了长篇小说《苏轼游嘉州》等四部专著。只为苏东坡的人生坎坷与官场风波而彻夜难眠，又为他"大江东流去"的文侠豪迈而拍案叫绝。庞波先生虽不能与苏东坡同日而语，但他骨子里有东

庞波先生书法作品

坡的神韵。我了解他的一些故事后，由衷赞叹：古有东坡传文脉，今有庞波抒君怀。我的文学指导老师金之纪老前辈，是一位年过八旬的老厅级干部，阅历丰富且笔力深厚，他昨日读了《种田知田》这本书后，也为庞波先生的人文情怀而赞叹不已，撰文赞颂。

站在人文传承学的制高点上看，庞波先生不仅为我们研究人文传承学提供了一个真实可信的"庞波人文现象"，而且为我们如何做好人文传承这件大事提供了《九传真经》。一是家族传承。正是"五代崇文家庭"和"三代党员之家"的良好氛围，使他身正心善，才有了"虽知宦海不复还，问心无愧也光荣"的诗化境界。二是教育传承。他从小学到在职大学，品学兼优，走向社会后工作先进，良好的家教和党团组织教育，使他有了"暮年晚霞暖融融，铭记传承圆大梦"的心灵独唱。三是见识传承，他立足兰州，远涉美国，足涉大江南北，历经九个行业工作，丰富的见识使他有了"秋实硕果红东方，旌旗漫卷万里长"的由衷赞叹。四是尊师传承，他不仅信服孔圣人"三人行，必有我师"的教诲，还有"二人行，亦有我师"的体会；他一生不仅特别尊重自己的老师，而且还善于学习别人长处，时时将自己的心态与思维浓缩成两只汤勺，从人生大海的浪花飞溅中，虔诚吟唱"此日别舟何处去，春山秋水问渔樵"的自然神韵。五是择友传承。屈指算来，他交友逾百，但朋友大多有正能量、潜能量和活能量。尤对德才超群的朋友格外推崇，诚心相交。从本书中乔榆钧、范文、人邻、孟浪、王维平、何效祖、陈田贵、谢丹、滕灵芝的文章中就能窥视其玄机。正因为他有了一个浩然正气、连绵不绝的人文氛围，才有了"太阳河魂正气声，精神永驻代代传"的结缘气场。六是读书传承。他阅读了有关知识、信仰、艺术、法律、道德、习俗、天文、科技等多方面的书籍，坚持读书、学习、感悟、写作一体化。练出了人文慧眼，能从兰州一碗牛肉拉面中联想感悟到"'一带一路'讲传承，牛肉拉面文化魂"的历史风景。七是趣智传承。他女儿在本书文中说："对父亲而言，爱好是最好的老师，而坚持则是一种最好的历练。"他一直酷爱诗文，就在最困难的情况下，也能创作出"笑看尖山雨后晴，自叹晚来悟道心"的美妙诗句。八是创业传承。在他的眼界中，愈有创业精神的人，愈有传承人文的心。创业如长河巨浪，能掀动他的思维之河澎湃激荡。尤其是诗人，心热而笔热，笔热而诗热，诗热而传导力热，正是诗歌这独有的热量给了他"立远站高放眼望，鹏程九霄铸辉煌"的浩然正气。九是感恩传承。他从古往今来的大文人经历中领悟到，感恩不仅是一种情感，而且是一种智慧。有了感恩之心，心田亮堂，心迹坦荡，心思宽广，心声昂扬，生之于世而报恩于世，犹如长河润物，便有了"净土合作无埃尘，和谐尼江洗尘心"的佛学之悟。此《九传真经》的诗句，都选自本书中的诗。诚然，他的《九传真经》也许还不完善，有的还处于冥冥之中。但他给我的印象真实而又鲜活。记得我2017年在兰州拜会他时，向他讲了一件事：我曾与宁夏马启智、刘慧两任自治区主席一块工作，并给他们写过有关宁夏建设方略的长信，得到了他们的肯定与支持。但现在忙于著书，不再"谈政论略"了。没想到他诚心劝慰，希望我们更多的宁夏人能为新上任的咸辉主席提一些合理化的建议。后来，我在这本书《美国杂记》一文里得知：他和咸辉主席有着淳厚乡情。2004 年 10 月，由咸辉任团长，他和兰州市委副书记左灿湘任副团长带队赴美考察。从未过过生日的他没想到咸辉团长亲自为他发表生日祝词并敬酒，这使他终生难忘。咸辉从甘肃到宁夏上任后，他一直关心与支持，希望能为这位"做人朴实，做事扎实"的老乡助力促行，把宁夏的事办得更好。我由此而感慨："庞波先生爱诗爱文爱阳光，一生辛勤助人忙。虽为长河一滴水，生生不息归善江。"同时，又给了我们一个启示：一个作家和诗人的成功之路，必须归于人文传承学这条广阔的光明大道。如果能找准空白点，占领制高点，选好落足点，强化需求点，展现闪光点，才能使自己的情感和才华达到天生我材必有用、纵横四海展雄风的人生境界。

庞波先生的创作人生，使我的思绪又回到了人文传承这道大课题。我借此呼吁：善良的人们啊，让伟大的人文传承精神更上一层楼！在历史长河中，政治、人文、经济、科技、艺术，是支撑人类文明大厦的五根擎天柱。在这五柱中，人文是心灯，是灵魂，是永恒的动力，是一切生命的血脉，是高扬人类风帆中最强劲的浩浩东风。让我们真诚而又热烈地拥抱科学与人文。让人文传承的光芒，带给这世界更多、更强、更美的幸福之声吧！

2018 年 4 月 12 日凌晨 5 点写于银川杞子阁

（严光星，国家一级作家，曾任《青年生活导报》总编辑，探索创建悟学、杞学与中国"新五侠"小说的先行者）

真诚为人　朴素为文

——庞波诗文集《知田种田》读后

马青山

通过质朴鲜活的文字，我逐渐认识了庞波先生。早在 2004 年 12 月，他的状写陇上名胜官鹅沟的美文《实至名归官鹅沟》在我供职的《飞天》杂志上发表，我就初识了他的文名。两年前，一组行吟咏叹、遣兴寄怀的旧体诗——计有十首，经我之手编发在《飞天》上，由此加深了对他的印象。而此刻，一册由兰州大学出版社 2018 年 7 月出版的诗文集《知田种田》摊放在案头，让我沉浸其中。需要说明的是，"知田"是作者为了致谢两位文友在文学方面给予他的启示而取的笔名，"种田"则是耕耘文字之意。当然，这四个看似平实的词连缀起来，则又充满无尽的意蕴。

由远及近，粗略的阅读让我对庞波先生有了一个基本判断：这是一个真诚为人、朴素为文的人，理性与感性交织，方向感明确，在纷繁的世事和杂乱的世相面前对生活始终保有激情和定力。其作品在纷披的思绪、婆娑的意象下共同体现着这样一个精神向度：固守信念，不忘初心，张扬大气，吐抒真情。

"追求风雅"辑录了作者的诗词新作四十余首，书写亲情友情和家国情怀，内涵颇为丰富，既有对 2015 年"九·三阅兵"的礼赞，抒发"建强国，军魂不褪色，壮中华"的豪情（《满江红·九三国家阅兵观感》），又有对祖国统一、民族复兴的期盼，寄托"习马握手泯恩仇，更创东方奇迹"的美好愿望（《念奴娇·习马会感赋》）；既有对甘肃地域文化元素如《读者》、兰州水车、兰州马拉松、牛肉面等品牌的倾情关注，又有对我们耳熟能详的艺术名家和文友如陈伯希、陈琳等人的礼赞。一句"节俭勿奢酿宏图"，一句"天高水阔任翱翔"，饱含着对女儿、侄子们的厚望，严慈相济，用心良苦。而这一辑中大量脍炙人口的美篇，如《过日月山》《西藏纪行》《呼伦贝尔印象》《豫西行》《朝圣甘南》《重走延安》《台儿庄感赋》《下徐州》等，通过神州纪游、灵感喷涌，为山川赋形，为草木勾魂，并以旅游部门官员的清醒和责任担当，在"诗歌合为事而作"的现实主义传统道路上正道前行。读他的这类诗，感觉非常接地气。尽管他自谦诗词方面的不专业和某些方面的欠缺，但其作品呈现出来的思想境界和艺术格局还是让人眼前一亮，为之钦服。

庞波先生长期担任省直党政部门的领导，"学海泛舟"这一辑中的文章，堪称他为政为人智慧的结晶以及多重角色在一个成功者身上的生动呈现。他思考的问题宏观而不显空洞、具体而不落入俗套，是从现实中来，又回到现实中去。角色使然，一方面是严格的组织纪律、各种不可逾越的规矩；一方面是活生生的矛盾纷扰、人情冷暖。置身其中，是他日积月累的修为，历经世事而不变的本色和初心，是环境造就的内心的强大和隐忍。纯文人那里所缺乏的，在他的笔下可以轻易地找到。在担任组织人事部门领导时，他把对人才的思考放在极其重要的位置，写了一篇《读李世民的人才思想及其实践》，思接千载，勾连古今。古往今来为人称道的那种求贤若渴、选贤任能、不拘一格、不计资历、不分亲疏、唯才是举、不避冤仇、注重实际能力和政策、赏罚分明、抓住主流和合其支流的用人观，仍然合于当下。在全面反映大部制改革的历史进程中，一位省直部门领导面对现实的深切忧患和深长思考跃然纸上，彰显了其服务意识、亲民意识、恪尽职守的公仆意识。由于日常的自警自省和对自我的恰当把握，庞波先生悟出了许多人生的真谛。一篇题为《"伯乐"并不等于"千里马"》的短文，把一个令许多老干部想不通的问题一下子说清楚了。这既是从政者的心态问题，也是一个人的智慧问题。心态好了，权力观正确了，纠结于心头的那些得与失自然也就不见了。再读他的《树立正确的人生观和权力观》，道理就更加明了了。

如前所述，庞波先生曾经担任过省直旅游部门的主要领导，足迹所至，吟诗填词，屐痕处处，且不乏对旅游业的深层思考和深刻见解。读过他的《美国杂记》《武都万象洞照亮陇南旅游线》《构筑兰州黄河旅游大都会》《百年老桥是甘肃精神的生动体现》，回过头来看，他笔下的景色就不再是单纯的景色，他诗文中的山川自然也就不是简单的地名了。这位亦政亦文、乐山乐水的仁者和智者，行行复行行，在给我们倾情描绘当代甘肃的"山水经"。这里，要特别提到他的《母亲轶事》一文。这是一篇饱含真情和泪水的文字，缅怀母亲一生的苦难和荣光，叹惋岁月难以驻留的无奈，在记忆中定格母亲的漂亮、贤淑、善良、明理，讴歌其平凡中的伟大。读来令人唏嘘不已，长久共鸣。

此外，本辑还收录了庞波先生给友人作品的多篇评价文章，涉及范围较广，观之，大都情真意切，能够真切地感受到他文字的温度，以及他对人生命运、人情世故的思考和对文学艺术发自内心的尊崇。

袁彦鹏赠庞波先生书作

"书山觅宝"一辑的十多篇文章，是庞波先生的文朋诗友、领导同事及家人对他多年来真诚为人、朴素为文的充分肯定，激赏多多，共鸣多多，从多个视角点击透视，进而丰满着他的人格形象、丰富着他的文化内涵。

在《秉烛耕耘》《思行予政》《政余遣兴》《知田种田》等 6 部著述堆起的高度和数十年纵横驰骋的广度面前，依然稳健前行的庞波先生少有成功者的夸耀和沾沾自喜，而更多的是固有的矜持和自我鞭策，这一点让人对他敬重有加。诚然，他的作品还有这样那样的不足，还需要在汉字的铺排上披沙沥金、在技巧的运用上多下功夫，但其丰富的人生阅历和超然的睿智，足以让他把眼前充实而美好的日子延续下去。

本文发表于 2019 第 1 期《飞天》

（马青山，甘肃陇西人，曾任甘肃省文联副主席、省作家协会常务副主席，《飞天》主编）

《知田种田》序

马乐群

一位在北京工作的甘肃籍朋友，约我给他朋友的诗文集写序，我回答，先看看东西，再说吧。于是，这本《知田种田》的样书和作者 2015 年 7 月出版的诗集《政余遣兴》出现在了我的案头。

看第一遍的感觉是，作者把诗与远方送到了我的手上、送到了我的心上。再细读，即被诗文中罕见的美景和异乎寻常的人物感动了。一股股暖洋洋的亲情、乡情、友情扑面而来，让人不得不眼热心跳。

诗歌和散文都是作者观察和感悟时的心声，也是时代和社会前进步伐的跫音。我们的社会确实还有一些不尽如人意的地方，但人民中间也确实有美好的感情和美好的事物不断涌现，在祖国各地又确实有不少美好风景在呈现、被发现。多么空前未有的美好岁月啊！读着庞波先生的《知田种田》，这种感觉越来越强烈了。

这本集子的第一部分"追求风雅"由40多首古体诗词组成，用古体诗词表达现代人的情绪和诉求已经被许多诗人的创作实践证明了，热爱古体诗词写作的人也越来越多了。可以看出来，庞波先生是其中的一位。他的这些诗词中，既有世道人心、历史遗迹，又有自然风光、日常事物，蕴含了生活、生命中的方方面面。不论是游记中的写景叙事，还是感时中的抒怀言志，都写得那么真诚恳切、清晰而朴实。比如："身体力行诚可贵，节俭勿奢酿宏图。""金城自古多翘楚，天高水阔任翱翔。""立远站高放眼望，鹏程九霄铸辉煌。"他用这种富有警示性和策勉性的诗句，鼓励女儿、侄儿自强自律，创造人生美好的明天。

又如在《重阳赏菊》中，作者这样赞美菊花的多彩和英姿："嫩绿金黄紫盘丝，粉黛纱白红罗帐。菊花开绽妍陌堂，各自亭亭带晚霜。"这就把纷繁的花色摆在了读者的眼前。让人拍案叫绝的是"亭亭带晚霜"五个字，更是把菊花枝叶上泛白的形态描绘得栩栩如生。他这样抒写兰州的瑞雪："琼枝摇曳梅正俏，水仙沐春露芳颜。素裹银装好景色，南山北山披玉衫。"如果作者不是亲临其境，不是多方观察，不是精心锤炼，怎么会写出这样美妙的诗句呢？还有"浪击车轮中轴唱，波汲水斗木槽欢"，作者用这样绘声绘色的描述，让古老而奇特的兰州水车跃然纸上。

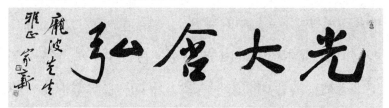

王家新赠庞波先生书作

在众多的历史遗迹面前，几乎每个诗人都会不由自主地用作品发出自己独特的感叹。庞波先生也不例外。在经过扬州、徐州、延安、银川、豫西、呼伦贝尔时，他都睁大眼睛去饱览古迹，放开喉咙唱出当代豪壮的最强音。给人印象最深的是《过日月山》："文成豆蔻出京都，从此藏汉说大同。千般风景万点泪，点点洒落史册中。"这里没有凄凉，没有怨恨，有的是对洒泪史实的高度概括，有的是对其意义认知上的超常提升。

从天安门前的九三阅兵到新加坡的习马会，从《读者》A股上市到电视剧《一碗沧桑》的开机，还有庞德塑像的揭幕……庞波先生都毫不吝啬地献上了热情的诗句，这说明他的心律无时无刻不在与时代的脉搏一起跳动，也证明了他的诗是情感和思想共同的丰富和延伸。

第二部分《学海泛舟》由二十多篇清新隽永的散文组成，其中有游记、杂文、短论、特写等，最让我感动的是其中两篇写人物的文章。一篇是《富生娃二进金城》，用白描和对比的手法真实地再现了改革开放前后中国农村极为普遍的巨大改变，这是一首献给改革开放最动人的赞歌。近年来，我们富起来了，正向着强大兴盛的未来迈进。有些人，似乎忘却了40年前的艰难、贫困，看不到人民生活前所未有的变化和社会想象不到的进步。这篇文章具有强烈的现实意义，似乎在提醒我们：不要忘记不久以前的悲哀！

另一篇是饱含深情而又比较特殊的《母亲轶事》。说饱含深情，容易理解，世上谁不热爱自己的母亲？说比较特殊，是因为作者的母亲退休前是一个普通的工人，退休后又是一个拖着病弱身躯依然干着沉重家务劳动的普通妇女，又是一个有着56年党龄的普通的共产党员……这三个"普通"集于一身，充分体现了一个中国妇女的勤劳、忠诚、善良和贤淑的优秀品格。这篇散文给读者留下了太多的细节和想象空间。一个 18 岁入团，27 岁入党的女工，到家里还侍候公婆，照料丈夫、子女，对每个病残、贫困的亲友都给予真诚关怀和帮助。20 世纪 60 年代初，国家困难时期。刚刚入党不久的她把一个两百余人就餐的食堂管理得井井有条。长辈后人、远亲近邻，没有一个不夸她是"好人""善人"的现代贤妻良母。都已经是七十多岁高龄了，母亲每月还坐着公交车亲自去原来的工厂缴纳党费，风雨无阻，一次不漏。谁又能想得到，她的儿子当时已是厅局级领导干部了！她老人家的遗物中，没有贵重的金银首饰，却有一枚鲜红的党徽和一枚党旗胸章……一位一生中没有任何重大功绩却又令人感动和敬佩的老太太形象活生生地站立在我们面前。

文学和一切艺术一样，要的是一个"情"字。这两篇文章，都是有力的佐证。它记述了人民心中美好的真情，我作为一个读者，由衷地感谢作者。

还有日记体的散文《美国杂记》，真实地记录了作者去美国考察学习过程中的印象、趣事和感想。文中没有鸡蛋里挑骨头式的指责，也没有五体投地式的崇拜，而是通过冷静客观的观察并给予公平公正的评论，显示出了作者在政治上的成熟、坚定和在日常生活中捕捉细节的能力。

至于有关陇南游历和那些谈古论今的篇什，读起来无不感到清爽、愉悦，真是又过瘾又长见识。从中不难看出庞波先生对甘肃、对兰州故土的热爱和眷恋，对美景、美食的发现、探索和研究，对本土的杰出人物、忠臣义士的崇敬，以及对那些鲜为人知的史实的念念不忘。

庞波诗文所描写的山水景物，有几处在甘肃东南的舟曲、武都、文县等地，离闻名于世的九寨沟相距不远，都处在甘川交界的地方，其山水风光美丽神奇，毫不逊色于九寨沟，只是由于交通不便，开发太晚，论名气也就相差太多了。通过这些诗文的介绍，一可促进甘肃东南地区的开拓发展；二可告诉人们：九寨沟往东、往北一点，有一片和九寨沟相差无几的甘肃美丽的旅游景区。

《知田种田》这本书，会让甘肃读者在浓浓的乡情和乡愁沉醉中，享受到一种难以挥去的亲切和自豪，又会让外地读者眼前一亮，不由得对陇原大地和精英俊杰投来艳羡的目光。

庞波先生，笔名知田，是一位退休干部。任职期间，除写过多部著作外，还创意策划过全国金狮奖的话剧《天下第一桥》，协调拍摄了电影《太阳河》，担任过电影《丢心》的顾问……他虽然没有在文化宣传单位任职，但确实是一个文化艺术事业的爱好者、参与者和追求者。退休以后的余热在何处发挥？对庞波先生来说似乎已经不是问题了，他对文化艺术的兴趣是浓厚的，又有厚实的积累，肯定能够做出优异的成

张永基赠庞波先生书作

绩，因为我们新时代的社会主义文化事业，是一项全民都要参与的工作啊！

如果问我，对庞波先生还有什么不满足的话，我的感觉是，诗文的创作量还是少了一些。对于一个优秀的党政干部来说，他已经退休了，但是对于一个作家、诗人来说，他还正处于上升期。更多地深入生活底层，更多地在生活中主动地去接受和感悟，更多地记录自己真实的所见所闻，并艺术地再现它们，这是庞波先生安度晚年的最好选择。相信他有能力、有时间给自己安排更多的功课，继续在写诗撰文的艺术道路上，不辞辛劳地跋涉。

我相信知田，他能够更好地种田，得到更加丰盈的收获！让我们热切地期待着！

2018 年 5 月 7 日

（马乐群，回族，著名诗人、作家，中国作家协会理事，中国散文学会理事，中国诗词学会理事，中国散文诗学会副会长）

我读《知田种田》

明连城

出差临走时，同事送来《知田种田》，一看是庞波同志的新作，放入提包，途中品读。庞主任到甘肃省人大常委会工作，是我作为副秘书长代表党组去人社厅接他到岗的，熟悉后又有五年的工作交往。记得那时省人大刚换届，新进人员不熟悉人大工作，主任会、党组扩大会、机关部门主要领导经常缺席，常委会小组会上，委员们主动发言的少，我们组织会议的常为此搔首发愁。而庞主任从不缺席，带头发言，支持我们办会。每年我们起草常委会工作要点、工作报告时，都要求各部门报送工作情况。涉及教科文卫委工作的，他总是及时报来，还率先自主起草了《地震监测防御条例》法规草案，持续依法监督推进甘肃省中医药产业发展，丰富了省人大工作创新的内容，在联系选民、为选区办实事上有作为，热爱人大工作，尽心于人大代表的履职，我很佩服他、尊重他。如今见书如见人，我仔细阅读，受益匪浅，遂将感想体会记录成文，就算是对其作品的认识吧！《知田种田》由兰州大学出版社出版，是集诗词、游记散文、报告文学、政论为主要题材的文集，也是继他的诗集《政余遣兴》后的又一部著作。该书从不同侧面记录了曾在省直多个部门担任主要领导的庞波先生为政和业余时间创作的部分作品，读后深感作者文学艺术修养丰厚、思想深邃、生活情趣浓厚。读了一遍后又翻回来品描绘、悟抒情、览情节、辨观点，久久回味，或被优美工整的佳句所撼动，或被山水美景气象万千所陶醉，或被文章文思奇妙所吸引，更被作者忠诚于事业和高尚人格所熏染。作者的艺术造诣、政治思想、素质品格，以及他作为领导干部所秉持的为民观、人才观和对甘肃旅游的观点主张，我们都能从书中看到。

一是诗和词意境宏阔。工整对仗押韵典雅，音色韵律和谐讲究，细品则美妙上口耐读且好听，还有丰富的人文典故知识，描写达到了情景交融、联想绝妙和叙事状物写景很美的艺术境地，其爱生活、爱自然也尽显其中。如《陇右揽胜》中的"东山晨曦五峰呼，西山夕照七彩图"，有韵味又互相照应。词《鹊桥仙·三台阁看金城夜景》中"三台凭栏，极目骋怀，飞檐梵宫西挂"，引经据典，优雅大气，情景中也显出作者的大家风范儿。《兰州瑞雪》中用"韶光""琼枝""玉衫""婵娟"等词，新颖别致又恰到好处，描写中联想丰富，状大景，抒真情，也是取点绘面、描此连彼，让读者能够延伸思维，产生遐想，诗的情景意境空间的扩大。

二是游记和散文情理交融。注重整体，许多又蕴含历史感、责任感，作者对过程的叙说简单明了，而对具体的风景名胜、人文景观则细致"精工"，寥寥数语就勾勒出胜地、美景、景点的形状状态表象，美感频生，生动形象鲜明，让人们感到景美，且美不胜收。如《迷人的夏威夷》中山水大海、蓝天、沙滩、浴场、街道、建筑人文等，展现的是美丽无比的画卷，还有略一窥看全豹之感。又如《万象洞》的写景纪实，去过这里的人认为景点一般，至多中等，而经过作者的描绘，则是另一种大美。作者追忆母亲的长篇散文，在对母亲一生的追述中，抓住母亲智慧、仁慈、宽厚的性格，对党忠

和装正学先生七十感怀
而今百岁不稀奇华延七十好
颐二度春天何亮丽几番秋露正养
和熙妙踏遍青山人未老乐建臧
解痼疾张豪气巧手传神
世寿无期
錄陈田贵先生诗一首
丙申年庞波书

庞波先生书陈田贵诗作

诚、工作负责、家教严格和为人处世等细节关键，用具体鲜活直白的例子、语言进行表现叙写，字真意切，仿佛在用心写、用情诉，母亲的大义大气仁和修养跃然纸上，将母爱至上、传统中国母亲的优良品质展现给了大家。虽是回忆，却是对传统文化的发掘和宣传。

三是纪实报告文学立意精深。书中收录的这类文体不多。《富生娃二进金城》，文风朴实，文字简洁，立意精深。作者记叙了生长在皋兰县农村的亲戚富生娃，改革开放前后两次来兰州到他家做客的情形。第一次进城，富生娃面容憔悴、络腮胡子、一双麻鞋、补丁衣服还拎个褡裢，白面不够吃要换城里的粗粮，说话自卑窘迫，还要向亲戚借钱，很穷很土。第二次进城，他骑新飞鸽自行车并绑一圆鼓鼓的布袋，红光满面，穿着新衣，说起话来滔滔不绝，表情精神自信振奋，顺手掏出一沓新钱，说"还钱"。一副富了、有吃、有穿、有钱了的神情。两次刻画使人物形象、性格鲜明。对这位农村亲戚不同时间进城的表情变化及作者艺术手法上的成功对比，实际上是改革开放后甘肃乃至中国农村巨变在他身上的反映。小人物、小事情却蕴藏大主题，这种构思巧妙且恰到好处的文章，当属大手笔。四是政论言论中折射出新理念、新观点及上进谦虚的公仆观。作者长期担任领导干部，或许是大局、长远、群众等理念深植心灵的缘故，文章中多处体现进取责任和为民意识，如《弘扬传统文化 汲取国学精华》中，主张甘肃省在大力弘扬国学精华的同时，要不断挖掘甘肃人民如何学习、弘扬全省悠久灿烂的文化，塑造陇上文化群，激发人们热爱甘肃、奉献甘肃。这可看作是庞先生后来几次牵头、组织和成功创作以甘肃为题材的话剧、影视片的动力源泉吧！他在任人社厅厅长兼省委组织部副部长时，写的《树立正确的人生观和权力观》，倡导首先明确"做官为什么""履职干什么"，并以普通公务员的语气，探讨了如何践行的问题。在《"伯乐"不等于

"千里马"》中，指出二者不能"齐驱并驾"，强调伯乐既要为事业和发展多发现千里马，又要脚踏实地做好工作、当楷模，这实际是在鞭策。同样，他在《思行予政·序》中，明确了人社厅厅长不是大官，是关乎民生的"徭役"，是服务人民的勤务员，恪尽职守是本分。这些思想理念，实际是谦恭、孺子牛形象在作品中的反映。

本文发表于 2018 年 10 月 30 日《人民之声报》

（明连城，曾任甘肃省人大常委会副秘书长、研究室主任）

心无半点尘　笔有千钧力

——品读知田新文集《知田种田》有感

张　勇

平凡扬智慧，朴素寄真情。在祖国西部这片淳朴而辽阔的神奇土地上，有位作家、诗人叫知田。知田，原名庞波，是驰骋甘肃政坛四十余载，深受黄河文明浸染和熏陶的人民公仆，又是一生与文化结缘的文人。品读知田新文集《知田种田》，我不禁吟诵起诗人岑参的"忽如一夜春风来，千树万树梨花开"，犹如畅游百花园，被那奇花异草的自然之美所陶醉……总给人一种耳目一新之感。

知田先生既是我的益友，也是我的良师。与他交往十余年，见面虽不经常，大多是他来北京开会或我去兰州出差。但每次相见，他都会给我一个惊喜，带给我他的新作。翻开他的新文集《知田种田》，读着读着，便不由想说他几句：一个身兼数职又在省委重要岗位担任要职的领导干部，他到底读过多少书，又哪来那么多新的思想、新的观点，哪来那么多智慧，既知田又种田，创造出这么多耐人寻味的精神食粮……从《联苑撷英》，到个人文集《回顾与思考》《秉烛耕耘》《思行予政》《政余遣兴》，以及创意策划大型话剧《天下第一桥》，协调拍摄获奖电影《太阳河》等，如今又要出新文集了，这种高产，即使是一个专业作家，也未必能够做到。作为一个领导干部，在繁忙的工作之余，能够深入学习践行党的创新理论，还能够经常写一些品位较高的诗词感赋之作，发扬传统文化、孝道文化、人文文化等，以不断提升自身的领导艺术，更好地服务于人民。

习近平总书记说："人民对美好生活的向往，就是我们的奋斗目标。"这个重大责任，就是我们民族的责任。在五千多年的文明发展历程中，中华民族为人类文明进步作出了积极的贡献。郭沫若曾在赠陈毅元帅的诗中写道："一柱天南百战身，将军本色是诗人。"诗中洋溢着对我军高级将领文才的称颂。作家、诗人知田先生虽是身兼数职的地方官员，但他在行文和为官中处处洋溢着军人的血性、军人的责任和军人的担当。知田先生在担任甘肃省首任人社厅厅长期间，了解到1922年甘肃省第一个入党的共产党员、第一个党支部书记张一悟老前辈的儿子为孙子大学毕业找不到工作而苦恼时，亲自督促分管厅领导，在第一时间落实了孩子的就业问题。2009年10月，调研酒泉卫星发射基地，发现有387名老职工的养老保险没得到解决，先生迅速召开协调会亲临督办，圆满解决。此事迅速解除了军队的后顾之忧，感动了该基地领导班子，尊称庞波为编外"第一副司令"……关于此事，我后来在和军委一位高层领导闲聊时还专门得以证实。

古人有云："半部《论语》治天下。"在当今社会，只要稍加留神，你将会发现大街上戴手串的人越来越多。或许有人是为了装饰，更多的却是为了祈福和安心。难道说，这手串真能够安抚心中的不安、焦虑、怀疑与悲观吗？我想，只要能够体悟到中国传统文化天人合一的精髓，接受中国传统文化的熏陶，那我们的社会，将是一个安静祥和的社会，我们还需要借助外来的东西能增强自己的内心吗？中国传统文化内容丰富、包容万象、历史悠久、博大精深，涵盖思想观念、生活方式、风俗习惯、宗教信仰、文学艺术、教育科技等诸多方面，它们都是支撑中华与的精神脊梁，是推动中华文化发扬光大、绵延不断、生生不息的力量之源。翻开《知田种田》这部新文集，既能让人感悟到知田先生活到老学到老写到老的不老精神，又能让人从他这些优美的文字中感悟到儒家提倡的修身齐家治国平天下，道家倡导的悟道、求道、体道、行道，无为而无不为，佛教崇尚的利己利人、功德圆满，《周易》推崇的"天行健，君子以自强不息，地势坤，君子以厚德载物"……这些思想，既丰富了知田先生的工作经历，又丰富了他知识的积淀，还丰富了他真挚的情感世界，更丰富了他的人生感悟。读着读着便让我心头一震，直叹自己才疏学浅，只了解中国传统文化的冰山一角。

知田先生生活在陇原，这片沃土不知留下了多少骚人墨客的名言佳句。王维的"大漠孤烟直，长河落日圆"，王之涣的"羌笛何须怨杨柳，春风不度玉门关"，王昌龄的"但使龙城飞将在，不教胡马度阴山"。这些西部的文化基因，早已融入了知田先生的血液里。他酷爱读书，手不释卷，含英咀华，如沐春风。长期中国传统文化的浸润、熏陶，使他的目光犀利，笔力雄健，写下了如许华章。在《富生娃二进金城》一文中，知田先生用白描的手法讲述了那令人不愿回首的年代，一个乡下亲人借钱还钱的真情故事："第二天早上吃过饭，富生娃回去了，50元钱悄悄放在床上……"先生拿着钱边追边喊，富生娃似乎听见了，回头只向他招了招手，崭新的自行车在阳光下一闪一闪的……用真情说明了好人才是这个世界真正的主人。通篇没有一句闪光的语言，却让人深切地感受到了农民的淳朴与人格的力量在金色的阳光下闪亮升华。先生的《树立正确的人生观与权力观》一文，简明扼要地阐述和回答了做官为什么和履职干什么……以自身的形象，树立了他一身正气与清正廉洁的标杆。在他的努力下，一碗小小的兰州牛肉拉面汇集黄河神韵，彰显伏羲文化，恢宏丝路风采，传承绝世技能，与敦煌宝窟、《读者》杂志、中国酒泉航天城等一并成为享誉世界的甘肃名片，成为最具特色的中华快餐的技能标准。先生一个文化创意，使黄河铁桥再现世纪创举，成为黄河文化的经典之作，话剧《天下第一桥》在全国舞台上百次脱颖而出，成了全国的优秀剧目。

　　一个民族要强大，首先文化要强大。我们要将传统文化与时代精神结合，融入我们的工作、生活中，以传统文化规范自己的言谈举止，用传统文化宽慰我们的内心，让传统文化促进社会的和谐。比如先生为爱女庞立群赴上海挂职寄语："……身体力行诚可贵，节俭勿奢酿宏图，莫是上海行乐处，空令岁月易恍惚。"既表达了对女儿选择赴沪挂职学习和锻炼的支持与勉励，又饱含了一个父亲对女儿深切的关爱，还表达了慈父对爱女寄予的殷切期望，告诫女儿万里征程远，放步踏歌前，莫使年华付水流……只有与时代结合，运用到生活中去，传统文化才是活的，才能在世界文化之林立于不败之地。再如庞先生的《母亲轶事》一文，从漂亮的母亲、贤淑的母亲、人文的母亲、爱党的母亲，到善终的母亲："……母亲走了，我失去了精神支柱……一个有着56年党龄的工人老党员，在整理她的遗物时，没有发现什么宝贝，只在她的枕头下和衣襟上分别压着一枚鲜红的党徽和别着一枚共产党员的旗帜……母亲喜爱读书，在火化时，我在她枕头下面放了一本她最爱看的《读者》

随她去了天堂……"字里行间处处洋溢着儿子对母亲的敬慕与思念，不知有多少人为之动容为之落泪……此种孝道，便体现了我们中华民族百善孝为先的传统美德，也是人伦道德的基石，更是家庭和睦的良方，是邻里融洽的妙剂，是社会和谐的先机。这一点，在知田先生身上体现得淋漓尽致。它既有对事业与亲人的热爱和对祖国大好河山的眷恋，又有对美好生活的热情讴歌。

捧读这部沉甸甸的文集，仿佛能够看到知田先生一双真诚的眼睛，一腔沸腾的热血，一颗炽热的心……如果说《西游记》里的唐僧是一种精神，悟空是一种力量，沙僧是一种兢兢业业，那么知田先生往往能够三者合一，总能让人进入一种超然境界。这种境界，则可用"心无半点尘，笔有千钧力"两句名言高度浓缩知田先生作文做人的品性。

（张勇，甘肃武山人，国防大学战略学博士）

写给《即兴诗情》

林经文

庞波先生辑历年所作诗词撰成《即兴诗情》，得此信息喜不自禁，故略述如下：庞波先生长年供职于省级机关，处在领导一线，以他视野的开阔，政治文化修养的高度，敏锐地捕捉诗意的灵感，从两百多首诗词中精选出百首诗词作品，当在情理之中。在百首诗词中，有咏物，有感赋，有记事，有咏大自然奇景妙境、名山胜水，亦有歌咏乡土之作。

近年来，庞波先生退休赋闲，有时间整理旧作与酝酿新诗，他对旧体诗的喜爱，兴味越来越浓，无论律诗、绝句，还是慢词的创作，都是他心声的流露，这从一个侧面反映了随着中华民族的迅速崛起，我们的社会主义文明建设已迈上高台阶、达到高水平。我们的文化越来越繁荣兴旺了。言为心声，"诗言志"，庞波的诗词继承了中国诗词的优秀传统，大量创作来源于生活，来源于火热的现实。有感而发，有创作冲动而引起精神共鸣，他用自己的作品讴歌祖国大好河山，抒发对国家、对民族发展的感受，以及对生活、对理想的追求，成为一道绚丽的文化风景线。他的诗感染了大众，也为人们追求美好生活鼓劲加油。

庞波先生多年来在诗词创作的同时，也把思维的触角延伸到话剧创作领域。比如近些年来他把百年黄河铁桥的前世今生，通过查阅资料、走访、座谈，从清末考据到当下。在近百年的浩瀚历史中，汲取有益养分，由他首倡提议，创意策划的大型话剧《天下黄河第一桥》，由甘肃省话剧团搬上舞台，演绎近代历史，熟悉的剧情人物，一时成为兰州街头巷尾谈论的话题。庞波先生在繁忙的工作中一直把文艺修养、诗词创作、书画品鉴作为修身养性的一个重要方面，努力学习，提高认识，在他遴选的近百首诗词创作中，大部分具有鲜明的主题，讴歌时代、赞颂英模、吟诵名胜、即兴口占，或在舟车行旅中将闪现的灵感随时记录在册，反复吟诵修改，推敲成警句佳作。观庞波先生的诗词创作，我的感受，首先是其作品有着浓郁的感情色彩，他用充满感情的笔调歌颂着祖国的大好河山，描写山川胜迹的绝美感，真挚而不加修饰，淳朴而闪现灵光。如创作于 2015 年 9 月的《满江红·九三国家阅兵观感》"七十荣辱仇与恨，中华儿女翘首望"是心声，也是诗情，作者临场观看的震撼与大国之威交相呼应，奔涌心头，直抒心怀。最后四句更贴近现实，他直接写出"中国梦、民族声、长安街、泣鬼神"，一种自豪感与国家发展大略的结合，触发由衷赞颂。作者在《满江红》高歌抒怀，"不忘史，万众趋大同，飞鸣镝"在奋勇前进的同时，也写出时间与空间上的时不我待。

在庞波的诗词中也有借物咏怀之作，也有对山川胜境的陶冶佳句，创作于 2018 年 11 月的《七律·初冬兰州大雪》，作者在大雪纷飞中登高揽胜，不觉诗意大发，即兴吟唱。在古典诗词中多有借雪抒怀者，但庞波先生这一首平中寓奇，俯视三台白塔翘，远眺南山绝烟尘，苍茫与混沌，微观与具象，仿佛一幅雪景山水。

其实，庞波先生是一位具有多方面修养的文化人，他的散文写得很美，散文集《知田种田》在质朴中流露出他创造境界的雕琢美意，涉事颇多，大凡发端于细微而归之于深邃的思想，有写历史的，有写亲情的，有针砭现实的，有游记，也兼有画评。本应"居高声自远"，却心系国事家事天下事，事事洞若观火与思考，说明他有先忧后乐的家国情怀。庞波先后在甘肃交通、组织、旅游、政法、人社等部门辗转任职，但他注意修养，涵养格调，用赞赏的笔调描绘山川，用欣赏的眼光记录了火热的生活，在其诗集里处处洋溢着浓郁的家国情怀。

2020 年 9 月 8 日

（林经文，甘肃兰州人，中国书法家协会会员，国家一级美术师，曾任甘肃省书法家协会副主席，现为甘肃省人民政府文史研究馆馆员）

用心灵构筑人们丰富的精神格局

——为读者打开思路而提供中介与路标的序言

章慕荣

明末清初的大思想家顾炎武有云："人之患，是好为人序。"为人作序写跋，其实并不轻松。受好友张勇先生嘱托，给《时空印记》一书写序，我心里其实还是有点忐忑。对于本书作者知田先生，也是通过张勇兄介绍才相知的。作者为官多年，相继在各个不同的领导岗位担任主要领导，工作千头万绪，整日公务缠身，却一直笔耕不辍且著作等身。姑且不论作者通过写作来摆脱事务缠绕所致烦恼的精气神，单就其统筹时间与效率的能力就已令人叹服。作为晚生，我对知田老兄的确是钦佩有加。

《时空印记》显然有着独特的个性。我很赞赏"时空印记"这个书名。大哲学家康德曾告诉我们，时间和空间是人类认识世界的形式框架，任何感觉、知觉、印象，都必须在时间和空间之中，一切知识都开始于经验，没有经验就没有知识，但知识又不都是来自经验，人类认识世界之所以可能，都要有时空这个"先天"的直观形式。因此，时间和空间构成作者笔下"印记"的两个基本因素，它们相互错杂交替、相互影响。从这个意义上看，《时空印记》不失为一种时空艺术的再现，作者通过空间的流动以及对空间的表现，动态地呈现了时间的流程和变化。在作者笔下时空忽而集中、倏而压缩、时而延伸，不断自由转换和变换，向读者展示了一幅现在、过去、未来三种时态交相辉映的精彩画卷。

《时空印记》有着鲜明的风格。"时空印记"，是一种反思、一种思索，看似简单，其实很难。因为大家沉溺于人云亦云或不以为然已太久，很少有时间停下来想一想有哪些"印象"，又"记忆"了哪些，而那些斑驳在时空里的"印记"实际上已成为生命中能够承受之轻或者不能承受之重。作者虽然不是专业作家，但善于把个体生命体验置于思想境界、精神追求的不懈追问中。在他的笔下，不乏对为政之道、文化历史、社会现象、学术交流的深刻思考，给人以启发。作者以极富个性的笔调，或追忆，或描述，或议论，自如地表达，具有散文随笔的特点，也具有可读性、耐读性。作者为文真诚，以情动人，既"天然去雕饰"，又不失性情，热则如火，冷则如冰，不刻意，不花哨，字里行间，使人感受到了作者的积累与感悟。

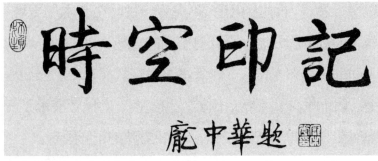

庞中华赠庞波先生书作

《时空印记》确实有着深沉的感动。马克思主义辩证法告诉我们："人们自己创造自己的历史，但是他们并不是随心所欲地创造，并不是在他们自己选定的条件下创造，而是在直接碰到的、既定的、从过去承继下来的条件下创造。""时空印记"，当然是个人存在其中、适逢其中又穿梭其间的。回望这些印记，不是孤芳自赏，不是闭目塞听，而是探寻更开阔的视野、更多维度的人生意义，是在喧嚣与热闹之外的一种思想历险。作者笔下的"时空印记"，很多都是存在于他心中的感知与经历，没有故作姿态，没有沽名钓誉，而是一位"生平多阅历"的智者娓娓道来，容纳了作者心中的光与热、思与想，为读者打开思路提供了中介和路标。这本《时空印记》想要告诉我们的，正如海德格尔说的那样，要向着生命的召唤而去生活。

读完全书，我倒是愿意把《时空印记》看成是作者的一部心灵史，我相信，集子里面的文章，并不是可有可无的笔墨，而是因为珍惜生命、热爱生活而凝聚提炼形成的。其实，每个人都有自己心目中的"时空印记"，种种相对独立又彼此联系的印记，共同构成我们世界丰富的格局。

看时空印记，想过往人生，走未来之路，让这个世界更加美好！

2023 年 3 月 8 日晚于金陵南京

（章慕荣，中国海关总署办公厅干部、博士）

学林求索不停步　豪情满怀唱家乡
——读庞波《飞鸿踏雪》

訾晓辉

当代著名诗人艾青说过："为什么我的眼里常含泪水？因为我对这土地爱得深沉。"庞波先生的《飞鸿踏雪》一书，其中有蕴含中华民族深厚文化的报告文学和传达作者真知灼见的论文散文随笔，篇幅更多且厚重的是赞美和歌颂家乡兰州及甘肃的篇章，所写都是身边的人和事。"焚膏油以继晷，恒兀兀以穷年。"先生精心发掘整理撰写出来汇编成册，著书立说，沉浸浓郁，含英咀华，弘扬主旋律，传递正能量和浩然正气，读后倍感亲切生动振奋，可以说：作者就是这样一位深深爱着生于斯、长于斯脚下的这片热土，具有浓烈乡愁人文赤子情怀的有识之士和做正事、留好事对经济社会文化发展饱含热情的领导干部。

一

书中写道：庙滩子，从广义和狭义的地域上去辨认，它是千年古城兰州的一个有着千年人居历史的聚居地。

庙滩子，从文化基因的积淀和传承上去评判，它是人文古城兰州一张标有特殊文化符号的靓丽名片。

九曲黄河，自青海发源，一路蜿蜒，顽强不屈，奔流而下。黄河九曲，由最初的清澈和质朴，随着泻泄的风尘，夹带浑黄的泥沙浩浩荡荡地流到陇中兰州地界。在兰州界域，有一个名叫达川乡岔路嘴的村庄，村南有一条名叫湟水的河，它又义无反顾地汇入来自远方的黄河大浪。于是，黄河又以浩荡之势，经西固、七里河，到金城关峡谷的"白马浪"。在这里，由于九州台、皋兰山的隆起，黄河因地势下切，自然形成一处峡谷，致使河道变窄，水石激荡，涛声如雷，汹涌澎湃。此时的兰州段黄河，越过中山桥，进入兰州东盆地，谷地变宽，河道拓展。黄河南一侧流速湍急，北一侧延缓滞行。于是，亿万年的时光匆匆，亿万次的河水夹带，亿万吨的泥沙淤积，一片宽阔的"冲积扇"张开，兰州东盆地形成，兰州庙滩子"出世"……

庙滩子的"近代岁月"，随着它的地域延伸辐射、人口急剧倍增、居民聚居拥趸而展现。于是，百千栋民居散落在沟端、坡坎、坪地，百十条街、巷、道、路四通八达于城乡阡陌之间。于是，兰州第一条以省内县域命名的靖远路出现了，十字桥虹跨市河，庙滩子及周边的王家沟、龙王巷、庙巷子、朝阳村、王保保城、玉垒关、沙梁子、圈沟崖亲昵地连片成缀，各民族兄弟和睦相处……

千年庙滩子，迎来了新时代的大发展、大改观、大繁荣：连接黄河南北的大桥座座通途，朝阳山地区旧城改造高楼耸立，通衢大道展现眼前，西李家湾迈开全新的步伐，佛慈大道迎来送往的车流奔涌，盐场堡兰州会展中心、甘肃大剧院、皇冠假日酒店等现代文旅新地标崛起。人们感叹：庙滩子在变，在突飞猛进地变，而且变得很美（《乡愁永恒——来自兰州庙滩子的记忆》）。乡愁是一杯酒，乡愁是一朵云，乡愁是一生情。乡愁是来自故乡的历史和故事，是永远萦绕在心头难以泯灭、难以忘怀的忧伤、喜悦和骄傲，时常回顾，会让你怅惘、思量、兴奋。岁月抹不去历史的创痕，黄河洗不尽积年的风尘。在经过岁月年轮的梳理沉淀之后，它越发厚实和凝重。作者作为喝黄河水长大的庙滩子的儿子，对故乡的人文历史铭记于心，学养丰厚，如数家珍。大河铺长卷，时代挥椽笔。一幅风云诡谲上下几千年多姿多彩的兰州庙滩子地方风貌风情长卷图画徐徐舒展在读者面前，进而激发了人们热爱家乡、热爱兰州、热爱甘肃的情怀，令人赞叹不已，拍案叫好。

二

邹应龙，字云卿，号兰谷，明代兰州皋兰人，明世宗嘉靖三十五年（1556年）丙辰科进士，授官行人，不久擢升为御史，执掌弹劾纠察之权。

邹应龙忠于职守，敢于担当，为官清正，不畏强暴。于嘉靖四十年（1561年），为民请命，冒死弹劾当朝宰相严嵩、严世蕃父子及其党羽，为国为民除了大害，天下之人，莫不拍手称快。邹应龙作为兰州皋兰土生土长的官员，在明朝政坛上，秉承西北地气之豪劲耿直，犹如滔滔黄河之水冲刷一切污泥浊水的汹涌，谱写了一曲反贪反腐流芳百世的正气歌。

巍巍皋兰山下，滚滚黄河两岸，曾几何时，风鹏俊杰层出不穷。在明代统治时期，金城的五泉山麓，依山傍水借西汉骠骑将军霍去病马踏皋兰、剑劈五泉的神威和灵气，先后养育了两位声震朝野、政绩卓著的顾命大臣，为明朝的兴盛作出了巨大贡献。一位是清正为官、东征西讨、诗礼传家的兰州人彭泽，官至兵部尚书、太子太保。另一位就是后于彭泽二十年的监察御史邹应龙（《滔滔黄河育忠臣——明朝御史邹应龙的故事》）。以史为镜可以知兴替，以人为镜可以知得失。新松恨不高千尺，恶竹应须斩万竿。作者谨言慎行，一身正气，爱憎分明，疾恶如仇，在这篇文章里，热情歌颂了秉公执法、青史留名的兰州历史清廉人物邹应龙，就是为了告诉人们，只有高悬利剑反腐倡廉，方能固本清源百代兴盛。历史是一个民族的记忆，历代兴亡、千秋功过，尽在其中。作为一种记忆，历史为我们提供了经验和教训，任何一个民族都不能脱离历史而凭空生存，历史的经验教训往往通过这一点发挥作用，所以当代的时事往往就是历史在今天的投影。清廉文化，是中华优秀传统文化，邹应龙虽然是历史人物，但着眼点在当代，具有现实意义。

三

官鹅沟距宕昌县城 8 公里。沟深林密，泉水叮咚，集山水、峡谷、瀑布、草甸于一体。沟深 32 公里。分湖泊海子、峡谷瀑布、雪山草甸三大景观。沟内平均海拔 2300 米，沟内尽头的擂鼓雪山海拔 4100 米，由东向西形成鳞次栉比的阶梯状幽谷。官鹅沟内世居着四个寨子 2000 余名羌族群众，沿袭了本民族淳朴的生活习俗，过着朴素恬静的生活，展示了人与自然和谐相处、相得益彰的美好画面，也给峡谷增添了勃勃生机。官鹅沟盛名已久，历史上曾是土司的辖地。官鹅沟是羌族同胞为统治他们的土司养鹅之处。因湖泊遍布，水肥草嫩，养出的鹅红顶白颈，体态俊美，犹如仙女降世，人们不忍将其作为桌上佳肴，多作为官宦富豪私宅的宠物。官鹅沟也由此而得名。官鹅沟的瀑布主要集中在峡谷景区内，依沟傍山自然形成，鬼斧神工，接天地之灵气，化自然之云雾，造型迥异，秀色可餐，大到"飞流直下三千尺，疑是银河落九天"，小到"大珠小珠落玉盘"，官鹅沟的瀑布由于受沟内四季气温变化的影响而多有变化。春看冰融雪化，多为依山傍水，形成若干个水帘洞、冰晶莹，欲融欲滴，千姿百态，犹如水下龙宫，在阳光的折射下，妖艳动人；夏天看瀑布，万象更新，生机勃勃，葱绿中白练玉带，彩虹飞舞，似仙女抛撒在空中的玉带，顷刻之间变成甘甜的雨露，沁人肺腑；秋看瀑布，百丈冰柱，玉帘倒垂，擂鼓雪山，连接天地，偌大的晶莹世界！（《实至名归官鹅沟》）。仁者乐山，智者乐水。作者饱含激情对被誉为"小九寨沟"的甘肃省风景区官鹅沟极力赞美之，宣传之，像一位油画大师运用传神之笔将其描绘得如临其境，如诗如画，给人一种神话仙境的超然韵味，为宣传推介官鹅沟贡献出了自己的一份力量，为发展甘肃省文旅事业起到了很好的助推作用。众人拾柴火焰高。由于宕昌县上下齐心协力，精心打造旅游基础设施，再加上许多像作者这样的热心人不遗余力地撰文宣扬，竭力奔走推介，才有了官鹅沟今天的人气，今天的声誉。

四

说起三国文化，必然会联想到《三国演义》的背景、情节和人物故事，我们还特别要联系到书中反映的那个时代甘肃境内的军事政治活动、历史遗迹、英雄人物等，后来人对那时的甘肃人参与创造的历史和涌现的陇上人物，以及他们的品格精神、杰出智慧，无不心生敬佩……

《三国演义》描写的发生在甘肃的诸多古今闻名的历史事件有西凉兵变、董卓进京、貂蝉诛逆、得陇望蜀、六出祁山、失街亭、空城计、收姜维、陇右"三郡"反魏附蜀、洮西之战、段谷之战、铁笼山大战以及司马懿追亮于卤城（今礼县盐官镇）、姜维九伐中原、割麦上邽、偷渡阴平等。作者运用绝笔妙曲，吟唱出动人心弦、传颂千古的一段段精彩故事，它们都是《三国演义》中的精品，也是政治军事斗争和中华文化智慧的名篇，更是三国文化的重要内容……

这些三国时期陇上故事和杰出陇籍人物，充分证明了三国文化在甘肃是一个名气大、叫得响的文化元素，是一张驰名中外的旅游文化名片，它同甘肃境内的丝路文化、敦煌文化、伏羲文化、黄河文化、红色文化等同属于甘肃的绚丽文化瑰宝，是甘肃文化形态的重要支撑。（《三国文化烙下的甘肃历史印记》）。"源浚者流长，根深者叶茂。"中华民族是世界上古老而伟大的民族，有着5000多年源远流长的文明历史，是世界上唯一自古延续至今、从未中断的文明，形成了独具特色、博大精深的价值观念和文明体系。一部中国史，就是一部各民族交融汇聚成多元一体的中华民族的历史，就是各民族共同缔造、发展、巩固统一的伟大祖国的历史。文化兴则国运兴，文化强则民族强。庞波先生的这篇历史文化论文，对于我们学习贯彻习近平总书记关于文化传承重要讲话精神，更好地认识和认同中华文明，增强历史自觉，坚定文化自信，发展文旅事业，推动中华优秀传统文化创造性转化、创新性发展，具有一定的参考价值。

五

兰州牛肉拉面，汇集黄河神韵，彰显伏羲文化，恢宏丝路风采，传承绝世技艺。在"一带一路"建设中，它与敦煌文化艺术、《读者》杂志、中国酒泉航天城一起已成为享誉世界的甘肃名片。一碗地道的兰州拉面，让每个享用者的味蕾感受到中国饮食文化的独特魅力，也在世界多元美食空间，向不同肤色和语言的人们，讲述着中国面食的碗里乾坤和鲜活故事。

兰州牛肉拉面，发源于中国兰州，汤清味美，手工拉制，特色鲜明。"虽系西北小吃，九州之内谁人不晓；原本内陆餐饮，寰宇之中无处不有。然品其正宗，非兰州而不能。"兰州拉面追溯形成品牌，唯马保子（本名马耀山，号保子）无争，兰州牛肉拉面文化内涵丰富厚重，"中华美食如弱水三千，牛肉拉面乃清流一脉"……

一百年来，"一顿餐，荟萃日月精华；一碗面，浓缩气象万千"。兰州牛肉拉面已被中国饮食烹饪协会评定为三大中式快餐之一，兰州牛肉拉面制作被中华人民共和国人力资源和社会保障部批准为技能标准第 113 个专项职业能力。兰州牛肉拉面被收入纪录片《舌尖尖上的中国》。万古不息的黄河，承载着中华民族伟大复兴的梦想。香飘四海的兰州牛肉拉面，彰显着兰州人传承与创新的精神（《兰州牛肉拉面的传承创新与文化魅力》）。民以食为天，食以味为先。兰州牛肉拉面，调和五味，齐聚五行，已成为中华美食的一朵浪花，走出了兰州，迈向世界。2020 年 1 月，作者行程万里，出国跨洋，把由甘肃省商务厅和兰州牛肉拉面国际联盟监制的兰州牛肉拉面黄金招牌，亲授给北美兰州牛肉拉面饮食文化集团在洛杉矶亚凯迪亚市开的第一家兰州牛肉拉面旗舰店，标志着兰州牛肉拉面正式走进美国市场。面对着电视镜头和众多的美国记者朋友，为兰州牛肉拉面鼓与呼，庞波先生感到无比自豪和骄傲。目前，本地品牌牛肉面馆通过连锁、加盟等方式在省外开店 1300 余家，在 40 多个国家开店 160 余家。兰州牛肉面已当之无愧地成为兰州对外形象的传播大使，更是骄傲地向世界展示中国餐饮文化魅力。

六

一部反映历史真实的舞台剧《天下第一桥》获得了话剧最高奖项"金狮奖"和第十四届"文华奖"，一举成名。该剧能获得如此殊荣，绝非偶然，也不是一蹴而就，而是凝聚了创编人员的智慧和心血……

兰州市歌舞剧院创排舞剧《大梦敦煌》成名之后，我从对黄河文化厚重的认识出发，审时度势地开始挖掘黄河文化的内涵和精髓，努力在黄河上做足文化的文章。首先提出了建设黄河风情线的构想。徘徊在百年老桥中山桥上，一目沧桑，流逝的是岁月，不变的是河魂，充分体会和认识到百年老桥是黄河文化的重要象征，更是黄河儿女的精神提炼。如何把百年做成精品大作，并且搬上舞台和银幕，使黄河风情和天下第一桥遥相呼应、相得益彰，成为一对为兰州文化旅游增光添彩的姊妹花，这也是我多年来一直思考的问题。

中山铁桥，我把它从文学夸张的角度定位为天下第一桥，以后成为精品话剧《天下第一桥》还沿用了这个名字。这座有着百年历史的老桥，不仅是沧桑历史的最好见证，更代表着百年前甘肃人民包容的胸怀和对外开放的眼光。自从左宗棠收复新疆以后，黄河担负着维护西部稳定和西部疆域维护的使命，因此我们还要提升到维护国家安定、弘扬黄河文化的高度来关注这段历史，传承和弘扬甘肃精神（《关于话剧<天下第一桥>》）。文以载道，史以鉴今。《天下第一桥》已经成为兰州"名片"，为誉满天下的黄河铁桥增色不少。一部优秀的剧目，最可贵之处，莫过于紧扣现实的脉搏，在扑朔迷离的历史传承中厘清属于自己的文化基因，与观众在情感意义上共鸣。伟大的母亲河黄河在这块土地上成就了她的儿女，统一了他们的肤色和语言，使中华民族有了对根的认同。庞波先生的创意与策划正是基于对黄河的眷恋，基于开放包容和推陈出新，基于弘扬黄河文化、彰显甘肃精神、宣传兰州风情。

七

母亲就像一首深沉的诗，只有细细品味，才能体会到其中的深情，从"慈母手中线，游子身上衣"，到"手扶柴门日日盼，白发愁看泪眼枯"，再到"见面怜清瘦，呼儿问苦辛"，我们从内心深处体会到母亲对孩儿的一片冰心。她的贤德、她的淑贞、她的聪慧、她的孝道，永远是庞氏家族留给后人的一笔千车也载不尽、万船也装不完的精神财富……

在没有电视的年代，母亲学《中国共产党章程》、学《毛泽东选集》都是极度认真。她当食堂管理员，正是国家困难的那几年，两百余人用餐的食堂，炊管人员都有十来号人，她凭自己的年轻力壮、吃苦耐劳、废寝忘食、聪明智慧，把食堂管理得井井有条。有了电视机后，中央台的《新闻联播》和甘肃卫视的《甘肃新闻》，她坚持每天必看。

母亲把学习到的关于正己身、严家风的教育贯穿始终。自打庞波 20 世纪 80 年代末当上了领导干部，转了十多个领导岗位，每到一个单位，母亲就会提醒他交友要谨慎，不贪污腐化，不拿别人的钱财。母亲说："我们家就你一个独生子，家里一家人挣钱，过去也是个富裕家庭，钱够你花的。""一个人要那么多的钱没什么用，生不带来，死不带走，一定要干干净净地做事情。"为了父母，为了妻子女儿，为了珍惜自己来之不易的岗位，庞波始终按照党组织和父母亲的要求，不断学习改造，不断提升自己的品位，知足、知耻、知止，努力做到不以小节无碍而原谅自己，不以下不为例而开脱自己，不以别人不知而放纵自己，努力守住底线，少犯错误，不犯错误（《母亲轶事》）。有一种爱，伟大而平凡，如润物春雨，似拂面和风；有一份情，无私而博大，绵绵不断，情谊深长。这就是母亲，永远不求回报。无私地付出。在绝无坦途的人生旅途，担负最多痛苦，背着最多压力，仍以爱，以微笑，对着人生，对着我们的，只有母亲，永远的母亲。母亲既是民族的象征，也是爱的象征。也许因为我们无以回报流淌的岁月所赐予的爱，所以，我们无时无刻不爱着我们的母亲。在我们眼里，母亲是一段永远值得洒泪的感怀岁月，是一篇总也读不完的美好故事。从漂亮的母亲、贤淑的母亲、人文的母亲、爱党的母亲到善终的母亲，字里行间处处洋溢着儿子对母亲的敬慕与眷念，体现着中华民族百善孝为先的传统美德。家风，既是中国传统家庭道德伦理的精华，又是社会道德观念的基本体现。笔者读后感慨万千，诗兴涌动，为伟大无私的母爱赋拙诗（藏头诗）一首：

明净整洁好习惯，亮堂处世为人宽。

贤良柔肠侍老幼，淑娴聪慧管理员。

人格平凡而伟大，文以化之润心田。

爱心博大载不动，党的光辉暖人间。

善举大小皆为之，终身树德春盎然。

母子相承写忠魂，亲人勤学成俊彦。

（訾晓辉，甘肃临潭人，曾任甘肃省人大常委会办公厅老干部处处长等职，现退休。作品获省级以上好新闻奖十余次，出版的散文集有《原上草》《拾穗集》《秋实集》《大地情怀》《晓月生辉》等）

时空中的熠熠星光

——评庞波专著《时空印记》

马宝明

　　庞波先生是甘肃著名作家，公务之余，勤于写作，笔耕不辍，著作颇丰。特别是先生退休以后，没有公务的羁绊，更是钟情于诗词、评论等文学创作和历史文化研究，取得了丰硕的成果，得到了文化界的广泛认可和赞誉。《时空印记》是其第八本涉文图书，其中部分为作者读史心得，余下皆为庞波先生对文友们著作或文章所作的序言及文学评论，全为触景生情、有感而发，现结集出版，以馈读者，可喜可贺。

　　古人云：君子之交，唯以心相交，方成其久远。在这部著作中，收录多篇庞波先生为友人作序及文评，如为李维平《行路集》、马天彩诗画选集《丹青雅韵》、何效祖《酒泉散赋》、石生泰《石生泰文集》、陈晓斌《丝路花雨·诞生》、马琦明《大梦敦煌20年》、陈贵辉《陈家沟延鼎家史》等著作作序及文评，言辞诚恳，评论贴切，饱含作者对文友的欣赏之情、赞美之情，堪称文评中的上品。尤其是《陈田贵先生歌词赏析》，文气贯通，情真意切，感人肺腑。20世纪80年代初，庞波先生的第一篇散文《富生娃二进金城》，在陈田贵和杨效知处长的指点修改下成稿，并在《甘肃日报》发表，庞波先生为了感谢文学道路上的启迪者，取陈田贵和杨效知两位先生姓名中的一个字，合成"知田"作为笔名使用了四十多年。饮水思源，用心相交，庞波先生做到了。常言所谓作品亦人品，透过庞波先生的文章，读者亦可窥见庞波先生"赠人玫瑰，手留余香"的高尚情操。

庞波先生作为人民的公仆，相继在不同的工作岗位上担任主要领导，工作繁忙、日理万机，但他能在百忙之中抽出时间作文著书，难能可贵，令人敬佩。他更是能够从中国的大局出发，以一位政治家的角度和眼光，对为政之道、当下政治及社会问题作出积极回应，如为《维稳中国》《道德建设》《回顾与思考》所写的《序言》，皆反映出其作为一名地方官员，对于如何坚决贯

思逸神超

荣贺庞波先生思行于政著作首发式圆满成功

壬辰季夏月古古金城张永基书

张永基赠庞波先生书作

彻落实党中央各项战略决策的全方位精准把握，对于如何建设和谐社会、文明社会的全面而深刻的理解与思考，文章字字珠玑、句句箴言、直入人心，全篇闪耀着习近平新时代中国特色社会主义文化思想的光芒。

此外，庞波先生博学多才、贯通古今，虽不是专业史学家，但对中共党史文化、甘肃地域文化、中华姓氏文化、传统国学都有独到的见地和论述，在史学研究领域始终遵循"论从史出"的治学宗旨，文章有理有据，令人信服，发人深思。尤其是其报告文学《不朽哈达铺——记红军长征胜利的一个重要节点》，文中以大量真实史料为依据，运用文学化的辞藻，高度还原了红军进驻哈达铺的景象及重大历史意义，文章始发表，便引起了学界的高度关注和评价，这也充分反映出庞波先生作为一名知识分子的渊博学识以及严谨的治学之道。

"一语天然万古新，豪华落尽见真淳"，《时空印记》一书为文真诚，以情动人，毫无人工雕琢粉饰，亦不失性情，文章内容博古通今，包罗万象，可谓文中佳品。其文亦如题名所言，是时空里的印记，也是时空中的熠熠星光，是作者心血的凝结，亦是其思想的精髓。纵观全书，庞波先生以政治家的眼光、史学家的严谨、文学家的诗意、哲学家的睿智，为我们点缀了无数的时空印记，虽只是点点星光，却构筑起多元的时空，让读者能够感知、体验作者笔下的西域敦煌、红色圣地等，让读者能够展望未来的风清气正、和谐社会，与其说是读一本书，倒更像是一场时空旅行，是在喧嚣与热闹之外的一种文化之旅，作者用他心中的光和热，营造了时光印记，召唤我们奔向更加美好的未来。

（马宝明，甘肃武山人，现任甘肃省档案馆《档案》杂志副总编、编辑部主任，入选甘肃省优秀青年文化人才，全国档案系统青年业务骨干，发表各类文章两百余篇）

仿佛若有光

短评撷萃

　　本辑是庞波文学作品的短评汇集，"叙""议"结合，"点""面"关联，"评""感"互融，"鉴""赏"相兼，各位名家以各自的洞见照亮庞波的文本世界，各种观点深刻透彻，启人深思，交相辉映，谱奏出多维的回响。

评《母亲轶事》

明连城

　　一口气读完《母亲轶事》一文，字字饱含对仙逝母亲的眷恋真情，句句折射美好家风的传承，段段再现朴实感人的情感，故事扣人心弦，耐读有味。庞母真是又平凡又伟大的母亲！

2017 年 12 月 4 日

读《母亲轶事》有感

李 龙

我和齐老师一回家就认真拜读了庞波的散文《母亲轶事》。看完以后，齐老师非常激动，她说庞波生在一个了不起的家族，其母是一个伟大的母亲，他则是一个大孝子。他的母亲在世时还经常念叨我们，原想春节早点去看望庞妈妈，谁知她老人家仙逝了。想起早前拜望老人家的情景，历历在目。老人家热情地拉着齐老师的手聊个不停，齐老师很感动。如今庞妈妈走了，齐老师悲痛不已。今天再读《母亲轶事》，又一次印证了庞妈妈的确是个伟大的母亲！

2017 年 2 月 5 日

读《母亲轶事》随想

张　林

新著中《母亲轶事》一文，今天静心细读，读后深感庞母一生的伟大！全文通篇折射出"母慈育子孝，母善兴三代"的伟大哲理！此文可谓普及家庭道德教育的经典之作，亦可作为当下中国家庭教育的优秀范本。如能以怀念母亲为主题在省报上发表，以飨读者！那就更好了。

2017 年 12 月 9 日

读《母亲轶事》

王维平

　　捧读《母亲轶事》一文，感慨良多，从中了解了庞波母亲的精神风貌和品格，让我满怀崇敬，也更加深刻地感受了他的大孝。庞波在做一个好儿子的言行上，给我树立了榜样。同时，我也深刻感受到庞波浑厚的家风传承，这是中华民族弥足珍贵的精神财富！

2017 年 12 月 12 日

读《思行予政》有感

马定宝

问津陇原三千里，思道民声传纸书。

争相互阐千金字，朝夕常闻五色书。

据席谈经著益卷，探领得殊绘蓝图。

当年壮志好秋色，人生有才英雄谱。

2012 年 8 月

（马定宝，曾任甘肃省社保局局长，甘肃省人力资源和社会保障厅一级巡视员）

读《思行予政》

陈　恒

辞旧履新四十载，忧民乐民总关怀。

篇篇精义显力耕，字字珠玑有别裁。

人之为本仁者为，事之为艰智者逮。

感言吾吏寸草心，思行予政殚碧海。

2012 年 8 月

（陈恒，曾任陇南市人力资源和社会保障局局长）

贺《天下第一桥》首演成功

苟永平

高朋满座观大剧，忝列名流惶首场。

桥通屏障丝绸路，地穷未敢忘报国。

旧朝维新藏伏笔，先忧后乐显深意。

文化引领树新帜，转型跨越正当时。

2012 年 6 月 5 日

（苟永平，甘肃陇南人，现任兰州文理学院党委书记）

贺《天下第一桥》荣获金狮奖

王维平

陇上一枝梅，凌风独自开。

妖艳惊天地，光彩照人寰。

中话领风骚，金狮舞开来。

桥剧逢盛世，策划展胸怀。

2012 年 12 月

评《咏甘南》四首古体诗

林经文

拜读了先生诗作，歌颂山川乃托物言志，高格也！先生退居赋闲后，以丰富的人生阅历、洞达的眼界甄别，化平凡为大境，寄情山水，格物致知，吟啸陇右山川。以赤子之心兼具忧怀之心，登高寄远，平中见奇，又见涵养茹素心源，境界别开，令我仰之。

2018 年 7 月 22 日

评《兰州雨情》诗

张鸿举

读完庞老诗作《兰州雨情》，天灾不断，百姓安危，吾深感惆怅。

庞老始终关注民生，家国情怀萦绕于心，居庙堂之高则忧其民；处江湖之远则忧其君，情深意切，堪为师表，令我辈感佩！

2018 年 7 月 23 日

读《兰州雨情》诗

林经文

庞公诗作忧国忧民，其心可鉴！读后感到先生风声雨声声声关注，民情社情情情牵系，其情可明。先生关注当下，实为我辈的学习榜样。

2018 年 7 月 25 日　林经文

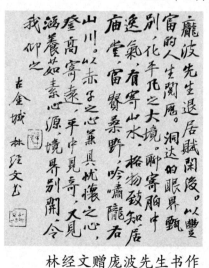

林经文赠庞波先生书作

评《中秋寄月》诗

赵兴贵

怎么这样沸腾，怎么这样沉静，完全是孝敬情怀所致，完全是爱国豪情所致。高山流水作雅闻，好似听道玉虚宫。

2018 年 9 月 19 日

评《知田种田》

王维平

读《知田种田》，两篇序写得很好，我有强烈共鸣！知田种田，是心之田，是亲情友情乡情之田，是家园之田，是事业之田，是文化文脉文运之田，五田共兴！诗文美、版式美、装帧美、插图美、书法美，五美并具，珍藏学习！

2018 年 10 月 10 日

评《知田种田》

李嘉树

收到庞波先生的新作《知田种田》，立即拜读了一遍，见文如晤，倍感亲切！庞老在公务繁忙之余还能拨冗泛舟学海，一部一部地撰写新作品，其作有诗歌、散文、书信等，叙事抒情兼具，情理诗理共融，敬佩之情油然而生。庞老是我一生遇到的好领导、好兄长，他教会我的不仅是工作方法、做人原则，他坚定的品格、坦荡的胸怀、崇高的追求、深厚的情义、朴素的作风，亦深深地影响着我。我有幸能在他的领导下工作并成长，知遇之恩铭记于心。细品《知田种田》，真有"未知天地恩何报"之感，遂以浅言述之。

2018 年 11 月 14 日

读《知田种田》

周考斌

收到《知田种田》，我一口气拜读了一大半。《知田种田》名不虚传。真没想到庞公从政几十载，不仅在各个领导岗位上表现卓越，还有如此高的文学天赋和博通的才华，特别是看到"追求风雅"一辑时，都是他退出重要领导岗位后，在很短时间内创作的，令人佩服和敬仰！"知田"既是庞公的"笔名"，也是庞公对"师者"的尊敬和传承；"种田"则充分展现出庞公吃苦耐劳、不甘寂寞，勤奋写作、敢于创新的奋斗精神！祈愿庞公在文学的田野上耕耘，并收获一片片"新绿"！

2019 年 3 月 18 日

评《南阳府署悼段坚》诗

林经文

刚刚读到庞公的新作，段坚为明成化年间人，且系我兰州骄子。读先生写段坚的诗，情系心声，既有现实意义，又颇具历史内涵，先生临风遥感，发思古之幽情。诗言志，其价值取向灿若明珠，先生对故土的深情，令人动容。丰富的生活经历，执政多年的宦海沉浮，字里行间感受到先生一颗在曲折境遇中仍百折不挠的心灵的搏动，也看到一个敢于进取、敢面失败、敢于超越的智者形象。从某种意义上讲，先生的人品与文品高度一致，诗性与人性绝对统一。

2018 年 12 月 19 日

文情交流

程正明

收到庞公看完我的两部拙作的信息，又给予了那么真诚的评价，特别是对我工作经历的褒奖和理解，让我感动异常，热泪盈眶。人之相交，莫过于心之相通。庞公不嫌弃我那小册子浅薄，一口气读完，尽显他人品之忠厚和为人之谦和；庞公能给予我那些简单诗文以热情赞美，充分反映了他宽厚的胸怀和文人气质；庞公对我做人和工作的肯定，更彰显了他与人为善的品格修养。我尽管只读了庞公《知田种田》大作的两篇序文和"追求风雅""学海泛舟""书山觅宝"三部曲的部分诗文，但已经为他的广博的政治见识、丰富的社会阅历、超人的诗人风采所折服！他的诗文所表达的情感真诚、细腻、大气，字里行间充溢着强烈的生命力和生动的想象力。愿更多的读者能感受到栖居在他文字中的诗意。

2019 年 3 月 20 日

评《兰州牛肉面的传承创新和文化魅力》

姚文达

这篇文章写得很好。历史的、现代的、当今的，碗里的、碗外的，区域的、全球的，饮食的、文化的，单一民族的、全民族的、全人类的，一清、二白、三红、四绿、五黄……线的延伸，岁月的流淌，文化的传承等，一碗色香味俱全的牛肉面，蕴含着多彩的历史传承，丰富的人文精神，巨大的社会功能，深厚的社会影响。在作者尽情的描绘下，一碗面呈现出五彩缤纷的生活世界，跃出纸面。

2019 年 7 月 26 日

评《兰州牛肉面的传承创新和文化魅力》

唐新文

知田先生躬耕不辍，细述故里精髓，诠释拉面文化，不遗余力推广宣传家乡文化，着实令人敬佩。百年历史的经典传承与时代发展的推广交流，无不展现一碗面的魅力，更展示了我们的文化自信。愿我们的牛肉面借助"一带一路"的东风，在有识之士的帮助下走向全球，在饮食文化交流发展中发出璀璨的光芒。

2019 年 7 月 26 日

评《兰州牛肉面的传承创新和文化魅力》

王建中

一碗面传承了伏羲文化、陇原气象，既有厚重沧桑的历史感，亦有习近平总书记的关怀和鼓励，还有"革故鼎新"面向世界的勇气。文章既有深度又有高度，正本清源指明牛肉面是华夏文化、陇原气象万古传承与发展的产物，而非单一民族的创造。

2019 年 7 月 29 日

评《兰州牛肉面的传承创新和文化魅力》

林经文

该文涵盖广泛，承载历史积淀，文风优美，熟稔典籍，从一碗面的色香味，引出诸多政治人物的评价，再列出其走向世界的必然性。举重若轻，文采风流，将历史与现实有机结合，在论述牛肉面的当下性时，又指出其可延伸发展的前途，利在当代，泽被后人。

2019 年 7 月 30 日

评《陇西李氏节会赞》诗

杨建仁

藏头诗韵味十足，用词考究，一气呵成，大气磅礴！乃精品之作，我辈当习之。

2019 年 8 月 23 日

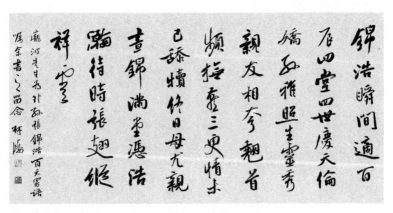

林涛赠庞波先生书作

评《不朽的哈达铺》等作品

林经文

庞公的诗文关注的面很广，宏观在宇，微观在握，运用格律精妙稔熟。最近的配乐诗朗诵更为令人动容。从正面反映出他综合修养中的诗人气质，他丰富的人生经历、练达融通的文字无不折射着他的家国大义和爱国情怀。此乃诗人的高度、诗人的高境界。期望庞公多出佳作，汇集成册。

2019 年 8 月 27 日

评庞公作品

王庆和

　　庞公雅鉴：大作拜读，感荷高情。睽违数时，时在念中。古人云：天地长久，人生寿促。世命百二，知己二三，朋友七八，足矣。吾一介迂酸，无堪所用，兼且狂悖，自守硁硁。辱蒙庞公厚爱，幸甚幸甚。庞公娴雅近人，温婉细腻。才思出类，作品上乘，气场充盈，于余亦师亦友，点灯细读，获益良多。

2019 年 8 月 31 日

评《贺新中国七十华诞》诗

张鸿举

这首诗饱含着浓郁的家国情怀，抚今追昔，数代人流血流汗，备尝艰辛，为实现民族复兴无私奉献、忘我奋战，激励和鞭策我辈。

七十年沧桑巨变，中华民族伟大复兴。这是先生一生的梦想和奋斗目标，也凝聚了他的心血和汗水，为我们后辈树立了标杆和榜样。

2019 年 9 月 29 日

评《贺新中国七十华诞》诗

王国庆

祝福新中国七十华诞的心语，重温苦难历史，致敬奋斗者，赞美新中国，讴歌新时代，实现中国梦！该诗对仗工整，贴切通畅，字字珠玑，意境深远。

借庞老诗作，恭祝祖国华诞！

2019 年 9 月 30 日

评《乡愁永恒——来自兰州庙滩子的记忆》

苏志希

拜读了庞波同志最近的报告文学《乡愁永恒——兰州庙滩子的记忆》，这是一篇好文章！资料翔实，内容生动，贴近实际，很接地气。读后使人更加钟爱自己的家乡，激起浓浓的乡愁！

2020 年 1 月 22 日

评《乡愁永恒——来自兰州庙滩子的记忆》

郭天康

　　刚看到先生书写的关于庙滩子的记忆，真是好文章，特别是挖掘甘肃历史文化，提振陇人精神，娓娓道来，沁人心脾！

2020 年 1 月 23 日

张永基赠庞波先生《梅花图》

评《建党 100 周年感赋》诗

王德江

拜读伯伯的佳作，能学习到古诗词知识，能提高文化素养。寥寥九十五字，便能深刻感受伟大的党带领人民栉风沐雨的艰难历程，一幕幕壮丽的历史画面浮现在眼前……也能感受到伯伯渊博的历史知识和深厚的写作功底，对党深沉的爱、崇敬感激之情，对祖国统一、繁荣昌盛的殷殷之情、拳拳之心跃然纸上……

2020 年 1 月 29 日

评《鹧鸪天·庚子正月》

张鸿举

拜读新诗，深有感慨。一个难以言表的春节，一场疫情侵袭而来，一次全民参与的战斗，既是对国家和民族的重大考验，也是对人类和个体的严厉警示。相信大家齐努力，春暖花开时，必定海晏河清，人间平安。先生这首诗充满必胜的信念，既是有力的激励，也是永远的纪念！

2020 年 2 月 8 日

评《我心中的父亲》

杨武明

阅《我心中的父亲》一文后，我陷入了深深的情思之中。全文情感真切，叙述平和，内容生动，感人肺腑。庞公乃孝子，后辈当效学。

2020 年 2 月 26 日

评《我心中的父亲》

赵兴贵

读了《我心中的父亲》一文，很是感触……老父亲的故事，点滴润心，很真切，让人肃然起敬！庞波对家人的关切，特别是对双亲的那份挚爱令我感触良深！文笔起舞所至，行云流水，自然而深情；字里行间，文朴而溢馨！

2020 年 2 月 28 日

评《我心中的父亲》

陈贵辉

拜读庞波先生写父亲的文章，觉得老人是位值得钦佩的人，先生是位孝子，父子两代人身上的优良作风尤其明显，是我们学习的好榜样！

2020 年 2 月 28 日

评《我心中的父亲》

成　海

父学风雨雷电知人间冷暖，
子习管理百业为百姓安康！

2020 年 2 月 28 日

评《我心中的父亲》

庞 鑫

读完伯伯写爷爷的作品，我对爷爷的一生有了更加深入的了解，同时，也深深感受到伯伯在工作中勤奋进取，在生活中敬老慈幼，在学习上认真严谨等优良的作风。家风对后辈有润物无声、潜移默化的影响，我将接续传承发扬。

2020 年 2 月 29 日

评《山城堡战役》《南梁之光》二诗

张鸿举

　　山城堡、南梁都是具有重大标志性历史意义的地理方位，时光虽流逝，战火远去，先烈以身许党许国、为民爱民之情怀，必萦绕于后人心田。以诗词述壮烈奇伟之故事，发怀古慨叹之幽情，砺今人奋进之志气，显示了作者对历史之深思，对当下之关切，对未来之期许，很受教育和启示。

2020 年 8 月 22 日

评《黄河石林》《兰州古青城》二诗

程正明

庞公写石林和青城的诗句优雅而清新，既有景色，又有特色，咏景和写实相结合，把两地的古韵味都写出来了。值得借鉴！

2020 年 10 月 3 日

评《中秋登兰州黄河楼》诗

张鸿举

躬逢盛世，又遇佳节，登高望远，家山万里。把酒临风，怀古颂今，古之岳阳楼，今之黄河楼，景虽有别，世亦不同，其情一也。好诗！

2020 年 10 月 6 日

评《即兴诗情》诗集

哈建设

即兴即诗昆仑意，吟物吟景锦绣志。

万种皆在取舍间，抒怀喻理豪情笔。

做人不倚将军势，饮酒岂顾尚书期。

蓬莱文章建安骨，陇右自古多名士。

2020 年 12 月 20 日

评《即兴诗情》诗集

贺国龙

国韵基何载，陇士自祁连。

山色入水处，秦气越汉关。

兴驰甘州内，逸飞肃地遍。

情用菩萨蛮，心乐鹊桥仙。

闲作昭君赋，中原未解鞍。

高台存云志，雪霁鹧鸪天。

悠悠白塔影，花甲向桑田。

2020 年 12 月 28 日

评《即兴诗情》诗集

张建新

祖上贤达担大任，后世创业有来人。

通贯古今明知田，行成于思铸诗魂。

家国情怀切切语，道法自然淡淡风。

只惜我等学识浅，挑灯苦读学庞公。

2021 年 3 月 15 日

评《牛年拜年》

张宏轩

庞公《牛年拜年》词，充分表达出词人在年关之际感慨人间战胜疫情的畅快，对牛年吉祥的美好憧憬，并联想到人民群众同样的愉快心情，所以才说"百家酒浓"。全词紧扣时代脉搏，对今年的"就地过年"新政也嵌入其中。词人长期生活在陇原，对这里的山山水水、一草一木了然于胸，饱含深情；对这里的人民满怀大爱，对立志于陇原的辛勤耕耘者充满关切和敬意。年夜，词人把酒临风，放眼望去，金城一片灯火阑珊，桃红柳绿，黄河犹如一条玉带束在腰间，春风吹过陇头，无限惬意。词人表达出对春天的问候，对幸福生活的坚定奋斗信念，绘就了一幅莺歌燕舞牛耕田的美好图画！

2021 年 1 月 13 日

评《牛年拜年》

明连城

《牛年拜年》词之评，这是行家的评论，也是对其思想、文采的赞颂。的确，庞波同志近几年的诗文，对甘肃、对兰州、对培育他的党、对滋养他的黄土地和陇人深怀大爱，表现在他对事物的观察、领悟、感受、联想等方面比他人更深刻、更细致、更独到。他借词抒情，读者阅读时，有品头，有强烈看下去的愿望。秋日扬朝辉，夕阳泛晚霞，庞老晚年勤奋创作令人佩服！

2021 年 1 月 14 日

评《建党 100 周年感赋》《陇原锦绣》《兰州美》

林经文

今日头条连发的三组诗文，读罢令人沸腾，三组诗，文字情思皆有新意。前组咏我党百年历程，曲折蜿蜒，艰辛备尝，终归取得胜利，先生一气呵成，内涵深刻。后两组细数陇右风光绝美，脱贫攻坚，终换来春色满园。好诗！好意境！站位高，方向明，大气魄，抒胸臆，诉衷情，妙句多，造诣深，读后擎党旗，向前进！

2021 年 7 月 17 日

评《陇原锦绣》组诗

程正明

拜读了庞波的组诗，让人赞叹不已，爱不释手。庞公不仅是一位高产诗人，更是一位写景高手！看庞公的诗，我仿佛也到了甘南、陇南，身临拉卜楞寺、冶力关、官鹅沟等胜迹！庞公的诗作写景真实，用语准确，感情充沛，真乃佳作！

评《兰州风景如画》组诗

林经文

知田先生诗词创作颇丰，寄情尺素，心系国家，无一不推陈出新，真情流露。歌咏兰山新景致、旧貌变化，成竹在胸，如数家珍。每观一景，皆似艾青眼中常带有泪水，爱之深，情之切，故而每有兴致便付诸笔端，以诗记史，诗心立志。古金城之旧景如今新添不少宏大建筑，让人不禁心潮澎湃。作者的世界观、文学观高屋建瓴，置身其佳作之中，如沐春风。

2021 年 8 月 22 日

评《兰州战"疫"》诗

林经文

好诗！退休期间，诗兴大发，国有难，有志之士挺身前往。读此诗，品此人，当为国殇持盾者。

2021 年 10 月 28 日

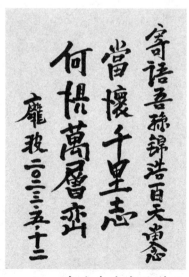

庞波先生书法作品

评《兰州战"疫"》诗

程正明

退休期间，在家赋闲，诗歌频出，儒雅再现。庞公的情趣，让人艳羡。《兰州战"疫"》气壮山河，情义彰显。为民呼吁，为党分忧，兰州加油，疫魔必歼！

2021 年 10 月 28 日

评《金城抗"疫"》诗

王德江

伯伯古词谱新曲，讴歌新时代伟大的党，引领伟大的人民坚持抗疫，战胜病魔，体现出共产党的坚强意志、强大能力、担当意识，给当下的人们以信心，以斗志，以鼓舞。

2021 年 10 月 28 日

评《金城抗"疫"》诗

孙燕飞

读庞公的诗文，总是能感受到一种浓浓的家国情怀，令人感佩。我辈当努力奋斗，以不负教诲！

2021 年 10 月 28 日

评《余晖闪耀》之视频

林经文

刚看到《今日头条》介绍庞公的专题节目，十分成功。解读全面，充分展现了他的精神高度，通过诗言志，歌咏言，展现了其深厚的文化情怀。

2021 年 11 月 29 日

评《飞鸿踏雪》

卢琼华

感谢庞公惠赠我《飞鸿踏雪》一书，拜读大作，深受感染，也倍感亲切。庞公笔耕不辍，佳作不断，生活愈加精彩丰富，令人羡慕，是我学习的榜样啊！

2021 年 10 月 18 日

评《飞鸿踏雪》

陈 贤

古有东坡传文脉，今有知田抒君怀。

自古陇右多俊士，应似飞鸿踏雪泥。

　　拜读了庞公的通透智慧和人生沉淀，如沐春风，引经据典，大彻大悟；庞公博古通今，孝道三堂，沧海月明，蓝天日暖，是我们每个家庭学习的榜样！

2021 年 11 月 29 日

评《飞鸿踏雪》

何永强

　　大作收悉，劳庞公亲自题赠，甚为感动。老领导严于律己，终身学习，不辞辛劳，笔耕不辍，实为我等学习之榜样！

2021 年 12 月 15 日

评《飞鸿踏雪》

孙宁兰

《飞鸿踏雪》真实地记载着父女俩的往事，感谢庞公分享这段难忘的经历，亦使我们重温其中的故事，增进对庞氏家庭及伟大母亲的了解，展示其潇洒的文笔及爱女的聪慧才华，令人感动。

2021 年 12 月 16 日

评《飞鸿踏雪》

林中阳

久未晤面，拳念殷殊！由张勇老弟转交的《飞鸿踏雪》大作收悉，开卷拜读，眼界大开，受益匪浅！先生为人高风亮节，德善共臻，仁义为友，教子有方，令人钦佩！工作经历丰富，涉机关工委、组织部、旅游局、政法委、司法厅、人事厅、省人大诸多领域，均能游刃有余，让党放心、人民满意。实属难能可贵，令吾辈敬仰！先生学养丰厚、文采飞扬，于诗歌、散文、政论多有建树，对甘肃文化艺术发展作出卓越贡献，实乃我辈之楷模也！书写"福慧双修，德善共臻"的作品，聊表敬意！

2020 年 10 月 18 日

评《飞鸿踏雪》

明连城

该书篇篇都精到，一些首发时阅读过，再读，细节轮廓、知识内涵、人文哲理印象更深，认识理解感受教益更多。新的文章构思贴生活、近人情、寄理想，观察细、体味深、提炼精、文味浓，确有老同志的文字修养"天天向上"之感。女儿之文，亦是随手成妙文，聪敏又勤奋，文学艺术天分渐现。

2020 年 10 月 18 日

评《飞鸿踏雪》

朱志良

祝贺《飞鸿踏雪》问世！正如杨晓升社长所说，《飞鸿踏雪》这个书名本身就印象很深，充满诗意，让人浮想联翩之余，不免产生阅读的冲动。连续几日，抽暇阅读，仿佛走进了精神的殿堂，徜徉，思考，回悟。《乡愁永恒——来自兰州庙滩子的记忆》，让我对熟悉的地方又有了新的认识，受益匪浅……几十年的从政积累，勤于学习的笔耕不辍，使这部作品精彩纷呈。愿庞公继续深耕，用一生的积淀，写出更多更好的作品以飨读者！

2021 年 12 月 27 日

评《降魔在今》诗

朱泓霖

雅作功力深厚，用一个兰州人的视野和情怀，将兰州人民齐心协力战胜疫情的决心和行为刻画得淋漓尽致，让大家信心满满，士气高涨！

2021 年 11 月 29 日

评《躬耕硕累地前行着》

石生泰

午休醒来，收到庞公佳作，如获至宝。连连吟读数遍，心潮难以平静，激动得热泪盈眶，仿佛又回到了昔日。如此翔实叙事，如此情真意切，如此知人善解，如此挥洒笔锋，全面总结，客观真实，又发人深省。不愧为共产党的老干部！

2021 年 12 月 19 日

评《姓氏文化》

闫永顺

学问处处有，庞君真高手。

百姓千家知，深论出君口。

2021 年 12 月 29 日

杨瑞华书庞波先生诗作

评《姓氏文化》

赵兴贵

一提到历史，就离不开甘肃说上古五帝三皇，一提到文化，就离不开甘肃论先秦诸事百家……庞公以姓氏入题发掘甘肃历史文化积淀，让甘肃万千沟壑孕育的中华瑰宝走向世界；既讲历史事件成因，亦配人物姓氏传略，以线串面，故事传奇引人入胜，人物鲜明不负雄风……此为浅识，奉兄敬览，再作探询。

2022 年 1 月 2 日

读庞波《母亲轶事》 (藏头诗)

訾晓辉

明净整洁好习惯，亮堂处世为人宽。

贤良柔肠侍老幼，淑娴聪慧管理员。

人格平凡而伟大，文以化之润心田。

爱心博大载不动，党的光辉暖人间。

善举大小皆为之，终身树德春盎然。

母子相承写忠魂，亲人勤学成俊彦。

2022 年 2 月 3 日

文情交流

张建荣

我认真拜读了庞公为何效祖《酒泉散赋》和《陈田贵歌词赏析》两文写的评论，非常精彩。庞公是陇原大地识才、爱才、惜才、重才的楷模！

2022 年 2 月 25 日

评《"城下有泉""其水若酒"》一文

李树斌

拜读了何效祖的《酒泉散赋》，果然字字珠玑，匠心独运，文笔遒峻！庞公的评论文章，很有高度，如羊肉粉汤之浓郁，似煳锅面筋之筋道，若油果子内外浑然天成！学习评论文章，感觉荡气回肠，满腔自豪。我从部队荣退，今天又有幸得庞老厚爱，得机缘，感受了他对陇原大地爱之深、情之切。高山仰止，景行维贤。

2022 年 2 月 28 日

评《不忘雷锋 60 年》诗

林经文

庞波最近佳作得到很多行家赞扬，无论诗作、散文、书评，议论体皆发自肺腑，代表了当代知识分子对当下热点的深度关心，宏观在胸、大度观天下的视野，给人启发。《不忘雷锋 60 年》的绝句写得非常好。关注人文道德，倡导学习雷锋，永不褪色！

2022 年 3 月 5 日

评《陈田贵歌词赏析》

杨利民

　　庞波同志写的《陈田贵歌词赏析》，我细读了几遍，情真意切，感人肺腑！诚如他和陈田贵不仅是优秀的领导干部，也是才华横溢的诗人作家。过去的多年里，陈田贵和组织部的基层党建有极好的共事经历，是一位能力很强的谦谦君子。今读庞公的文章，深有同感。

2022 年 3 月 8 日

杨利民赠庞波先生书作

评《陈田贵歌词赏析》

刘玉生

评《陈田贵歌词赏析》写得很好，把田贵秘书长多年来满怀激情、笔耕不辍，潜心创作的过程以及爱家乡、爱祖国的情感刻画得淋漓尽致，评论深刻到位，读后受益良多。从庞公和田贵身上我们能学到许多东西。

2022 年 3 月 17 日

评《清明》诗

程正明

有清明节气，有吊唁先辈，有疫情侵扰，有春耕景象，而且用词精到，韵脚工整，特别是"杏花红透行人少，河水拨开飞鸟稠"两句，情景交融，写出当下清明的特点，画龙点睛，是上乘之作，为庞公点赞！

2022 年 4 月 5 日

评庞波文学作品

马 驰

　　庞公的文章，有的我读过多遍，有的还是第一次读。每一次拜读，既是一次精神享受，又是一次对文字的膜拜，更是一次情感的升华。见字闻人，读书识人，字里行间无不表现出庞公的为人坦荡，他的人生思考、他的文风字骨，都值得我辈学习。

2022 年 4 月 24 日

评《经典舞剧 敦煌情缘》

杨利民

我在家朗读了全文，深受感动！庞波同志的评论观点正确，旗帜鲜明，尊重历史，着眼现实。他对两部舞剧和当年的老领导及编剧、演职人员的评价，对他们辛勤付出和重大贡献的评价都实事求是，是十分中肯的。他对两本书和作者的评价我完全赞同。他们让尘封的历史走向今天、走向新时代，让我们不忘使命，有感而发！

2022 年 4 月 24 日

评《经典舞剧　敦煌情缘》

张鸿举

认真拜读了庞公对陈晓斌和马琦明两位先生的著作《丝路花雨·诞生》和《大梦敦煌20年》的解读和评价，深受感动，深受感染。作为甘肃人，回想起当时看剧时的激情，对这两部剧的产生、演出、反响记忆犹新。庞公评论得非常对，两部舞剧取材于敦煌莫高窟，传承于西部历史文化精髓，成功于甘肃几代领导和艺术家的精心制作，为中华舞蹈艺术留下了辉煌而不朽的经典，特别值得庆贺和歌颂！

2022 年 4 月 25 日

评《精品话剧〈天下第一桥〉十年记》

李燕青

庞公的《精品话剧〈天下第一桥〉十年记》和《走进庞德故里》两篇文章，看后很是感慨，共产党人的家国情怀、文人君子的风范很值得学习！

2022 年 6 月 19 日

评《谈谈甘肃丰厚的文化资源》

苟永平

六脉文化越古今，群星灿烂耀华夏。

念兹在兹风化雨，强陇富民必可期。

2022 年 7 月 21 日

评《谈谈甘肃丰厚的文化资源》

张　林

喜读知田先生的大作，深感受益匪浅。此文乃大手笔。他谈古，甘肃几千年的文化历史是多么辉煌惊世；他论今，为何甘肃总让人难起雄心？正如文章所述：为政在人，人存政举，人亡政息。

2022 年 7 月 23 日

评《走进庞德故里》一文

杨利民

认真拜读了庞波同志的文章，主题鲜明，描述集中于主题，十分吸引读者。文章有史有论，详尽细述，脉络清晰，环环相扣，引人入胜。特别是看到如今的变化和前景，令人鼓舞！这些年他著作颇丰，这样的短文信手拈来，读者爱看。

2022 年 7 月 27 日

评《诗词六十首》

李 杰

近日对庞公的六十首诗认真拜读，深受感染。诗中有人间烟火、家国情怀，有竹杖芒鞋、墨梅清气。赏之！叹之！意境高远，余韵深长，感触良多。顺祝秋安！

2022 年 8 月 27 日

评《诗词六十首》

张鸿举

　　庞公近期的诗词反复诵读，感触良深。六十多首诗词，两年来的所见所闻、所思所行跃然纸上，感情浓郁、言简意深。有国家大事之忧切，也有故园情深之寄托；有既往故事之咏叹，也有当下时政之卓识；有气壮山河之雄伟，也有行云流水之灵韵。字里行间流淌着他一如既往的忧国忧民、奖掖后进、真诚待人的大格局、真性情，引人深思又催人奋进。

2022 年 8 月 28 日

评《有志者事竟成》一文

王登渤

庞公的古体诗词形象生动，引人入胜，我们省文联马青山副主席还在《飞天》杂志上撰文品鉴他的诗文。先生的文学评论文章写得真好，功力深厚重，影响广泛，期待先生更多佳作问世。

2022 年 8 月 30 日

评《甘肃陇南甘南太美了》

明连城

庞公对以美景、自然、人文、古迹、名胜、名人、宗教等所构筑的甘肃旅游文化，情有独钟，每到一地，有感而发，用诗、词、文等讴歌吟唱或记录，提供给人们一个全景甘肃、文化美的甘肃。庞公人勤奋、观察细，诗词文俱佳，耐读，有养分，甘味厚重，并以此弹奏出一曲曲老领导、文化人老而有为的新乐章！

2022 年 10 月 25 日

评《黄河雅韵集》

程正明

　　仔细阅读您的《黄河雅韵集》，却被庞老精湛的文字所震撼。他在四十余年繁忙的从政经历中，出了多部著作，创意策划了《天下第一桥》并编排成话剧得了大奖，还编纂修订了多部行政法规文件，热情宣传甘肃敦煌等特色文化，可谓著作等身、成绩辉煌。老领导、老朋友每每说起庞老的这些成就，都无比敬佩和羡慕，个个称赞。对此，我们这些与他相知的同事，既为他感到骄傲，又都觉得应该向他学习！我以为这是一个有作为的人应该追求、应该努力的方向，庞老为我们做出了榜样！祝愿他更加奋发有为，讴歌新时代新征程，为我甘肃的加快发展，为实现党的二十大提出的第二个百年奋斗目标，建成中国式现代化，奉献更多的精彩作品！

2022 年 10 月 25 日

读《时空印记》之序、跋有感

李 杰

《时空印记》之序、跋已拜读，十分敬佩和感动！常听岁月不驻的说法，我认为这是忽略了时空印记，比如公元前 500 年前后老祖先的思考至今还影响着当今的人类。由此逻辑起点而言，庞公的思考与新作又是一个新的贡献！

2023 年 3 月 30 日

祝贺《时空印记》出版

明连城

庞公新书《时空印记》付梓出版，喜也，乐也，贺也！叹老有所为在眼前！庞公之诗、词、散文、游记、纪实文学、评论及参与组织陇上知名话剧电影创作等，均体现了作者深入社会、紧贴生活、立足现实，用优美的语言、丰富的体裁去记录、感悟、提升对生活、自然、历史之认识，其文学造诣达到了新高度，许多作品意境深远，能够启发鼓舞引导人们热爱生活、赞美生活、积极面对生活，且风格尽显、技法成熟。庞公实为大器晚成之楷模！

2023 年 5 月 16 日

喜闻《时空印记》出版

周兴福

庞公的诗写得真好！情景交融，浑然天成。高才壮采，言有尽而意无限，回环流转，畅然不息，功力非同一般！

2023 年 5 月 24 日

贺《时空印记》出版

贺国龙

时函新印空记春，
癸卯月润河柳同，
花开年年锦团簇，
浩波万里木牍中，
耕夫难辞山川远，
童颜笑语八面风。

2023 年 5 月 24 日

祝贺庞公《时空印记》出版

陶 明

夏日竹影清风，封面赏心悦目！19 篇美文匠心独运，妙笔生花，细品亲切感瞬间弥漫心田！一口气览完，书法插图、装帧制作、标题版式……样样考究鲜活。品读之轻松愉悦之感甚是爽快！美哉美哉！

2023 年 7 月 30 日

七律·读庞波《时空印记》有感

马天彩

暮年酬志著宏篇，新作馨香赠友贤。

心忆旧情存档案，口吟今韵入桑田。

生花妙笔倾池砚，醒世真言滴石泉。

览尽文章评述事，高风亮节现眼前。

2023 年 7 月 29 日

读《时空印记》随感

董晓玲

非常荣幸收到了先生的又一力作《时空印记》！我深深感佩先生的精神品格和人生追求。他忠诚党的事业，担当务实奋斗不止，留下业绩令人敬仰；勤奋读书笔耕不辍；著作文章滋润人心。先生又一次让我受到心灵的涤荡！

2023 年 8 月 1 日

读《时空印记》有感

明连城

又见年届高龄庞公印象记事：表象气宇轩昂哲思满满，心灵尽透正能量，康健声洪躬耕文史弹奏人生第二歌曲，山水盛景古迹诗咏词颂文记赏之甚美，政论游记庙滩史地报告文学亦称妙文，花甲大志默默耕耘文化事业集大成者，还盼庞公颐养修行润心开心佳作连连！

2023 年 8 月 6 日

文学评论专著《时空印记》出版

王 鄱

　　甘肃省作者庞波编著的文学评论专著《时空印记》，由兰州大学出版社出版发行。这是作者创作的第八部著作。前几本如《知田种田》《飞鸿踏雪》《即兴诗情》等主要为散文、报告文学和运用新声韵创作的旧体诗集。这本《时空印记》则主要是为文友们的著作或文章所作的序言和文学评论，以及部分读史心得。

　　《时空印记》的书名由当代硬笔书法家庞中华所题写，章慕荣博士为本书作序，中国书法家协会会员张永基、哈建设、林经文分别对《时空印记》撰写短评并进行抄录，书法作品均拓印于书中，为本书增色不少。

　　《时空印记》一书所收录的文章，多为作者触景生情、有感而发。文学评论的文章有对青年作家陈晓斌的《丝路花雨·诞生》和马琦明的《大梦敦煌二十年》两本书的书评，还有对《陈田贵先生歌词赏析》和《酒泉散赋》的评论，以及为《石生泰文集》《陈家沟延鼎家史》《甘肃通鉴》等书撰写的书评。特别是为李维平的《行路集》、马天彩的《丹青雅韵》、段建玲的《国学知与行》等专著所作的序言，无不切中肯綮。值得一提的是，《精品话剧〈天下第一桥〉十年记》一文记叙了大型历史话剧《天下第一桥》的创作过程、艺术家们的卓越表现，以及该剧获得第十四届文华奖优秀剧目奖、话剧金狮奖的过程，激励了更多文学艺术爱好者立足本土，为人民群众创作出更多更好的精品剧目。

本文发表于 2023 年 8 月 1 日《甘肃日报》

写话剧的庞兄

陈卫中

天下黄河第一桥，
庞兄创意编话剧，
百年兰州早开放。

笔耕不辍号知田，
古今中外都涉猎，
五湖四海皆朋友。

2023 年 9 月 1 日

读《诗与兴》《时空印记》有感

马定保

诗文盎然念大观，自然生态泛波澜。

山花金果清香溢，本草珍珠逸韵间。

尽抒情怀心执笔，思追时空脑作砚。

兰林著书金石光，一掬诚意一寸丹。

2023 年 9 月 3 日

读《时空印记》有感

王和军

庞波先生的书我一夜读完了，感悟颇深，写得好：书里有胸怀、有情感、有故事、有希望……是对人生旅程的诠释与总结，字里行间充满着深情以及对兰州这片土地深深的爱，洋溢着一名共产党员对事业的无限追求和对文学作品的热爱，渗透着对风雨同舟、志同道合的战友朋友的怀念和眷恋……内容丰富多彩，饱含人生哲理，给年轻人前进的动力，值得细读细品……

2023 年 9 月 14 日

《时空印记》是一本精品之秀

石生泰

庞波同志的《时空印记》，实属一本难得的精品。19 篇文章，少而精，精而全。涉及面广，内容丰富。字里行间，是经验的积累，是感情的流露。

尤其是对七位老友的序言、书评，既体现了一位老领导、老组织工作者的坦诚，又表现出深情厚谊。特别是对我作品的评价，反映出了朋友间的真实感情，真是四十多年一如既往，情深意切，难能可贵。

《时空印记》，书名引人深思，给人启迪。书的装帧设计别具一格，书法作品编排巧妙。庞中华题写的书名引人注目，整本书眉目清秀，耐人寻味。

总之，《时空印记》是一本成功之作、精品之秀！

2023 年 9 月 18 日

《仿佛若有光》书稿读后

张鸿举

仿佛若有光，
如同冬日暖阳，
发出缕缕柔光，
滋润着悠悠心田。

仿佛若有光，
如同徐徐清风，
拂过茫茫原野，
撒播着浓浓真情。

仿佛若有光，
如同熠熠星河，
点亮漆漆长夜，

辉映着浩浩文脉。

2023 年 12 月 15 日

读《仿佛若有光》书稿絮语

明连城

我在休闲中浏览了《仿佛若有光》书稿，感慨颇深，佩服更甚，教育启发不少，为此想多说几句。书中所收文章评论，无论长短，皆为实事求是、客观公允之论，是专家学者、诗友亲朋读后从不同侧面的真实感受，是对庞公文学修养、道德品格、人生境界的真实评价。

有三点感受：一感庞公这几年佳作连连，硕果累累，在省内退休老同志中受到很高评价，应当是生活充实、兴趣爱好高雅的典范。这些成绩的取得，是先生长期广阅博读、恒久关注社会、体察民生、孜孜不倦求索的结果，是值得肯定和学习的。二感先生面对自然规律和夕阳余晖，乐观开朗，不以"公干"脱身赋闲而心叹身凉厌世，不以昔日之光辉而对社会诟病随意评说，总是在思考、观察，为社会奉献美的精神食粮而辛勤耕耘，用心用情记录和反映社会发展变化，人民生活状况，传播正能量，真可谓老有所为！三感庞公近年来的成功，给我这个比他年轻一点的退休干部，在今后的生活中做出了榜样。"活到老，学到老"的座右铭；影响了无数人积极有为的世界观、人生观。而今自己退休，面对年龄增长，我要说，夕阳西下阳光雨露滋润不能少，要坚持乐观勤奋向上，切忌身懒心惰颓废，在康健雅致幸福无憾中安度晚年，应当是当代老年人的生活态度，以此让最美和无限好的夕阳更加美好。

2023 年 12 月 26 日